極楽プリズン

木 下 半 太

幻冬舎文庫

極楽プリズン

1

遠くで鳴るサイレンの音で目が覚めた。

「お客さん、すいません。渋滞に巻き込まれてしまいました。おそらく終電には間に合わないと思います」

運転手が申し訳なさそうに言った。

消防車のサイレンだ。しかも、一台ではなく、複数の音がリフレインしている。

わたしは、明治通りを渋谷に向かうタクシーに乗っていた。時刻は午前零時四十分だった。スマートフォンの時刻表アプリで東横線の終電を調べようとしてやめた。どうせ、明日の仕事は昼からだ。慌てる必要はない。

「近くで火事でもあったんですかねえ。いやあ、まいったなあ。お客さん、どうします？　お泊まりは新横浜っておっしゃってましたよね？」

「大丈夫です」わたしはアクビを嚙み殺して言った。「ネットカフェかどこかで始発まで過ごします」

こんなことならホテルは都内にすればよかった。しかし、ホテルを押さえてくれたのはクライアントなので文句は言えない。明日、みなとみらいで打ち合わせがあるのを考慮してくれたのだ。予定では、新横浜のビジネスホテルに二泊し、明後日の朝、住んでいる京都に戻る。

関東で仕事をするのは久しぶりだった。六年前まで目黒区に住んでいたが、東日本大震災をきっかけに、当時妊娠していたわたしは京都に引っ越し、拠点を移した。夫の実家が京都にあったのだ。紆余曲折あり、夫とは去年に離婚したが、わたしはそのまま京都から動いていない。わたしの出身は千葉だが、なぜか京都の空気が心地よいのだ。しかも元夫の両親とは未だに仲がよく、何かと世話になっている。今回も、小学一年生になる娘を元夫の実家に預けての出張だ。

動かないタクシーを降りて、明治通り沿いをトボトボと歩いた。渋谷駅前まで行かないとネットカフェはない。距離的には渋谷と恵比寿との間ぐらいだった。

お酒でも飲もうかな。

ちょうど、飲み足りなかった。秋の夜風が気持ちいいし、酒場を探して夜の街を彷徨(さまよ)うのも悪くない。

わたしは車の渋滞の列から離れ、そっと路地裏へと足を運んだ。


山手線の線路脇にその店はあった。

古びたビルの前に、小さな看板が出ている。よほど注意してとまり木を探している人でなければ気づかないだろう。周りに飲食店の類(たぐい)はなく、ひっそりとして暗い。《Bar》の文字が薄い闇にポツンと浮かんでいた。店の名前は、『knockin' on door』だった。きっと店主はボブ・ディランを敬愛しているのだろう。『heaven's』をつけないところにセンスを感じる。酒を飲むときに、天国のことは考えたくない。

地下への階段を降り、重そうなドアを開けた。

「いらっしゃいませ」

蝶ネクタイのバーテンダーが笑顔で迎えてくれた。

うん、当たりね。

いい酒場は、店内に足を踏み入れた瞬間にわかる。店全体が醸(かも)し出す雰囲気に、酒を飲む前から引き込まれるのだ。

ほどよい暗さの間接照明に、カウンターだけの広過ぎない空間。酒棚にウイスキーが所狭しと並んでいるが、マニアックな威圧感はない。バーテンダーの柔らかい笑顔がオーセンティックとカジュアルの間の絶妙なバランスを保っている。カウンターは常連と思しき一人客やカップルで埋まっているが、ラッキーなことに一つだけ空きがあった。

「お疲れ様です。一杯目は何に致しますか」

バーテンダーが熱いおしぼりを渡して訊いた。

「メーカーズマークのロックで」

「かしこまりました」

今夜の食事会は広尾の鮨屋だった。日本酒一本槍だったので、茶色い酒が恋しい。

バーテンダーが流れるような動きで丸くカットされた氷をロックグラスに滑らせる。おしぼりで手を拭き、BGMのジャズに耳を澄ませた。『チーク・トゥ・チーク』が流れている。スタンダードナンバーでは好きな曲だ。

一人でバーに入るなんて何年ぶりだろうか。会食や打ち合わせで高級な飯と酒を散々味わってはきたが、心の底から楽しんでいたのかと問われると答えに詰まってしまう。

ずっと娘のためにがむしゃらになって働いてきた。今夜ぐらいは、休みなしで飛んできた羽を休ませたい。

「お待たせしました」

バーテンダーが琥珀色の液体が入ったロックグラスをコースターにそっと置いた。

「いただきます」

ひと口飲み、バーボンの甘みとスモーキーな香りを喉で堪能する。

美味い。胃にポッと火が灯り、アルコールが全身に染み渡る。

バーにして正解だった。色んな体臭が充満するネットカフェで隣の鼾に今頃悩まされていたかもしれないと思うとゾッとする。

「その腕時計、素敵ですね」

左隣に座る一人客の男が、わたしの左手首を指して声をかけてきた。イギリスの老舗ブランドのアンティークだ。仕事で使っているセレクトショップで一目惚れして購入した。

あらっ、ナンパかしら？

三十五歳になった今、街で声をかけられることはほとんどなくなった。二十代の頃にはあれだけウザかったナンパが有難く感じる。

男の年齢は三十代前半だろうか。わたしより少し歳下に見える。頭を金髪に染めているが、ファッションは上品なカジュアルでクリエイター系といったところか。愛嬌のあるハンサムで、昔実家で飼っていた柴犬にどこか似ている。

「ありがとう」

わたしは軽い笑みで返した。

「俺もその時計を持ってました」

「女物だよ。もしかして女装マニア？」

「興味ありますけど、女装はしないです」

男がこちらの冗談に笑ってくれた。頭を染める男はタイプではなかったが、なかなか好感度は高い。

「じゃあ、どうしてこの時計を買ったの？」

「元カノにプレゼントしようとしてできなかったんです」

「あらま。あげる前に別れたのね」

「人生は思い通りにはいきませんから。必死で頑張ったんですけど」男が半ば諦めた口調で肩をすくめる。「もう二度と恋はできません」

変わった男だ。どこか浮世離れしたミステリアスな魅力がある。ただのクリエイターではなさそうだ。

本人には悪いが、始発までの時間潰しにはもってこいの相手が見つかった。

「まだ若いのに諦めるの早いでしょ。名前は？」

「柴田です。初めまして」

「理々子よ。よろしく」

わたしたちは自己紹介をし、握手をかわした。柴田の手は冷え性のわたしよりも遥かに冷たくて驚いた。

「理々子さんのお仕事はスタイリストですか？」

「どうして、わかるの？」

「なんとなくそんな気がしました。お洒落だし」

「やだ。まさか同業者？」

「違います。俺、無職ですから。最近まで刑務所に入ってたんです」

「えっ？」

柴田があまりにもさらりと言うので、てっきり冗談だと思った。出会って数分でそんなヘビーな告白を普通はしない。

「マジですよ」

柴田は微笑んでいるが、真剣な目をしていた。

ちょっと、ヤバい奴なの？

しかし、好奇心が上回った。他の客は自分たちのお喋りに夢中で聞き耳を立てている者はいない。

「どうして捕まったの？」

「恋人を殺した罪です。冤罪なんですけどね」

「嘘……」

「彼女の名前は明日香。仕事はイラストレーターでした」

柴田は飲んでいたギネスビールのグラスを見つめ、静かな声で語り出した。

2

「どうせ、わたしは売れないイラストレーターよ」

明日香の口癖だった。

毎朝、徹夜の仕事を終えた明日香の愚痴に付き合うのが、俺の日課になっていた。俺もアルバイト先のネットカフェでの深夜勤務を終えたばかりで正直キツいが、明日香をかまってやらないと、後で面倒なことになる。

「自ら売れないとか言うの、やめろって」

「だって、実際売れてないじゃん。本当のことじゃん」

ソファにちょこんと座る明日香が頬を膨らませる。ボサボサの髪に仕事用の眼鏡、小豆色のジャージ姿が彼女の仕事のスタイルだった。

下北沢の2LDKのマンションで俺たちは同棲していた。築三十年の物件で、家賃は管理費込みで十一万と都内にしては安かったが、貧乏な二人は毎月の生活を乗り越えるので精一杯だった。

「今は、だろ。そのうち売れっ子のイラストレーターになるって」

「売れっ子のイラストレーターって誰？　そんな人いる？」

明日香は明らかに酔っていた。仕事を終えてから安物の日本酒をひっかけたのだろう。今日は相当機嫌が悪い。

「おじゃましまーす」

答えに詰まり困っているところに、タイミングよく助け舟がやってきた。

俺の幼馴染のリクオだ。下北沢のダーツバーで働いているので、しばしば、朝方に仮眠を取りにやってくる。住んでいる吉祥寺まで帰るのがダルいのだ。

「今日も暇だったなあ。もうダーツは流行んねえなあ。明日香ちゃんおやすみー」

図々しくソファに寝そべり、明日香に膝枕をしてもらおうとする。

「リクオ、たまには自分の家で寝ろよな」

俺はリクオの頭を押さえて膝枕を阻止した。

「なんだよ。いいじゃんか。お前んちのソファの方がよく眠れるんだよ」

「ほぼ、毎日来てるじゃねえか」

リクオは俺と同い年の二十九歳。背が高く、ひと昔前の韓流ドラマに出てきそうないわゆるイケメンだった。学生時代から水商売一筋で、酒とギャンブルと女にだらしない。ただ、チャラくても根は素直な、憎めない奴だ。明日香を紹介してくれたのはリクオで、面と向っては照れくさくて言えないが、かなり感謝している。

「あれ？　何か明日香ちゃん怒ってない？」

「そうだ、リクオ。売れっ子のイラストレーターって誰がいる？」

「リリー・フランキーとか、みうらじゅんとか？」

「そうだ！　蛭子能収もいる！」

「わたしに蛭子さんになってほしいの？」明日香が余計にむくれる。「ていうか、わたしが言ってるのは、純粋にイラストの仕事だけで巨万の富を得た人！」

俺とリクオは返答に困り、同時に苦笑いをした。

「ほら、ね。いないでしょ」

「あ、鳥山明がいるじゃん！」

　リクオが手を叩く。

「半端なく稼いでるぞ」

　俺も調子を合わせて言った。

「鳥山先生は漫画家でしょ？　巨匠でしょ？」

「今は漫画を描いてないから、つい……ごめんね」

　リクオが素直に謝った。

「そんなビッグネームとわたしを並べないでよ。虚しくなってくるじゃない。でも、鳥山明になれたらいいなぁ。アラレちゃんとか、ドラゴンボールとか」

「世界的に認められてるもんな。オレ、ドラゴンボール全巻持ってたよ。久しぶりに一気読みしてえなあ」

　リクオのおかげで場が暗くならなくて済んだ。俺だけだと、いつも明日香が泣き出してしまう。恋人同士だから甘えてくれるのは嬉しいが、俺だって自分の将来には不安を抱いている。映画やドラマの脚本家になりたくて、シナリオ講座に通ってはいるが、実際、今はフリーターだ。

「昨日、お世話になってる出版社からイラストを発注されたんだけどね」

明日香が膨れっ面のまま愚痴を始めた。

「いいじゃん。仕事があるだけラッキーじゃん」

リクオが嫌な顔ひとつせず、身を乗り出す。こいつの凄いところはどんな女に対しても優しく対応できるところだ。とてもじゃないが俺には真似できない。だが、リクオの優しさは女の子の誤解を生み、度々、色恋沙汰のトラブルを巻き起こしている。

「何のイラストを頼まれたの？」

俺もソファに腰掛け、明日香に訊いた。

「厚揚げ」

「へ？　アツアゲってあの焼いたら美味いやつ？」

「うん」

「おでんに入れたら美味いやつ？」

「焼いてもおでんに入れても美味いやつよ」明日香が大げさに溜め息をついた。「しかも、十パターンの厚揚げを描いてこいってさ」

リクオも眉を顰める。

「十？　厚揚げにそんなにもパターンあったか？」

「四角か三角に切るぐらいしか思いつかねえよ」

俺とリクオは、深刻な顔を作りながら笑いを堪えるのに精一杯だった。どんな仕事でもそうだが、本人にしかわからない悩みはある。

俺は収入のすべてをネットカフェのアルバイトで賄っている。深夜に入れば楽だろう、漫画も読み放題だし……とお気楽な考えで始めてもう五年になる。その前はカラオケ屋やコンビニで働いていた。責任は軽い仕事かもしれないが、三十歳を前にして徹夜がキツくなってきた。

近頃は色んな理由をつけて、脚本家になる努力を怠っている。パソコンに向かってもワクワクする気持ちはなく、「この先結果が出ずに、ずっと世の中から無視された存在だったらどうしよう」という恐怖に押しつぶされ、書けない日々を悶々と過ごしていた。インプットのための映画やドラマもほとんど観ていない。

「担当の編集者の西田（にしだ）さんって人が意地悪な人なのよね。変な案件ばっかり振ってくるくせに、全然、説明してくれないの」

「ちゃんと、訊けばいいだろ」

その編集者に会ったことはないが、俺までムカついてきた。

「立場が弱いもん。なんせ売れないイラストレーターだからね」明日香が自虐的な笑みを浮かべ、すぐに暗い顔になる。「それだけじゃなくて、お義父（とう）さんからまた電話があったんだよね。もうストレスで禿げちゃう」

明日香は実父を幼少の頃に亡くしたのだが、あまりそのことを話してくれないし、俺も根掘り葉掘り訊かなかった。

「あれ、急に腹が痛くなってきた。何か変なもんでも食ったかな」義父の話になった途端、リクオが白々しく立ち上がった。「トイレは自分ちじゃなきゃ落ち着かねえから帰るわ。またね」

そう言って、リクオがそそくさと帰っていった。こういう気の使い方ができるからモテるんだろう。

「何の電話だったんだ？」

「おばあちゃんが具合が悪くなって入院したの」

「えっ？　大丈夫なのかよ」

「お酒の飲み過ぎなんだよね。どれだけ周りが気をつけなよって言っても頑固者だから聞いてくれないのよ」

明日香の酒豪と頑固の遺伝子は、祖母から受け継いだようだ。

「八十五歳を過ぎてるんだっけ？　ちょっと心配だな」

「おばあちゃんの話だけじゃなかったのよ。家族のみんなが、わたしの心配してるんだぞって。仕事がうまく行かないんなら田舎に帰ってこいってさ」

明日香の実家は、埼玉県の熊谷市だ。一度挨拶したいといつも言ってるのだが、明日香は首を縦には振ってくれなかった。

きっと、俺と地元に戻るときは、お義父さんに結婚の了承を得るときだと決めているのだろう。明日香の実母は数年前に亡くなっていて、お義父さんは（当然ながら血の繫がっていない）祖母と二人で暮らしていた。

明日香は今年で二十七歳になる。態度には出さなくても、付き合って七年にもなる俺との結婚を望んでいることはヒシヒシと伝わってきた。

「明日香は何て答えたの」

「うまくいってるって即答した」

「厚揚げのイラストのことを言った？」

「言うわけないじゃん。何やってんだって怒られるわよ」

少しだけ明日香が笑ってくれた。金も肩書もない俺が明日香にできることは話を聞いてあげることと笑わせることだけだ。

「他にお義父さんからは何を訊かれたんだ」

「ちゃんと食べていけてるのかって。彼氏と住んでるから大丈夫よって言ったよ」

お義父さんはフリーターの俺のことを明らかによくは思っていない。明日香は何も言わないが、馬鹿な俺でもそれぐらいわかる。ちなみにお義父さんとは一度も会ったことはない。たぶん、就職しない限り、会ってもくれない。

「近所の幼馴染の話もされてさ」明日香がするりと話題を変える。「幼稚園のモモちゃんと実家の向かいの子が妊娠したとか、知らないってば」

「プレッシャーかけてくるなあ」

「お義父さんは、女の幸せは結婚して子供を産んで、休日は素敵な旦那さんと子供たちをベビーカーに乗せて、イオンに行くことなんだって思ってるから。イオンこそが人生のゴールだって言いたいのよ」

「そんなわけねえだろ」

俺は、それはそれで悪くはないように思えた。天気のいい日に明日香と子供と一緒にショッピングモールで過ごす姿を想像してニヤけそうになる。そのときは、俺の金髪は黒に染まっているだろう。

「ああ、もうイラつく！　生理も遅れてるし！」

明日香がパーカーのポケットに隠していた紙パックの鬼ごろしにストローを挿す。

「まだ飲むのかよ。朝の八時だぞ」

「いいの。徹夜だったから、わたしにとっては晩酌なの」

明日香が甘えた声で寄りかかり、俺の膝にコテンと頭を置く。明日香は、俺の膝枕が好きだった。そして俺は、この時間が好きだった。

「飲むのはそれで終わりだぞ」

「はーい。今日のバイトはどうだった？」

「終電逃した若いカップルがイチャイチャしてた」

「セックスしてたんだ。どうせ覗いたんでしょ？」

「なわけ、ねえだろ」

「その特典があるからバイト辞められないくせに」

「やめろ。彼氏を変態扱いするんじゃねえ。酔っぱらい女め、もう飲むな」

二人でケタケタと笑った。やっと明日香が機嫌を直してくれてホッとした。最近はマシだが、明日香は精神的に脆（もろ）い部分があり、何度か大変な目に遭った。今でもあのときのことを思い出すと眠れなくなる。

「ありがとう、柴田くん。こんなわたしを叱ってくれて」

「いや、叱るというよりは健康上の注意だな」

「朝ごはん食べる？」

明日香が体を起こし、ニッコリと微笑んだ。

「うん。食う」

「じゃあ、わたしご飯炊くからコンビニで卵買ってきてくれない」

「おいおい、帰ってきてすぐパシリかよ」

「美味しいの作るから文句言わないの」

「へーい」

「いってらっしゃい」明日香はダラダラと歩く俺を玄関先まで送ってくれた。「柴田くん、靴紐（くつひも）が解けてるよ」

俺はマンションの廊下でスニーカーの靴紐を結んだ。顔を上げると玄関のドアは閉まっていて、明日香の姿はなかった。

3

「それが、明日香と交わした最後の会話でした」

柴田がそう言ってギネスビールを飲み干した。

「コンビニから帰ったら彼女さんが……」

わたしは声を潜めて柴田の横顔を見た。反対側の隣のカップルは箱根の温泉に行きたい話で盛り上がって、こちらの会話は聞いていない。

「はい。明日香はキッチンで死んでいました。背中に深々とナイフが突き刺さった無残な姿でした」

柴田が無表情で淡々と答える。

「……誰に殺されたの？」

「わかりません」

「えっ」

言葉が出ない。会ったばかりの男からこんな話を聞いて、どう反応すればいいのか。わたしには身内が殺された経験はないし、大切な人を殺された体験談を当の本人から聞くのも初めてだ。

「理々子さんは恋人はいますか」

柴田がわたしの左手の薬指に指輪がないことをチラリと確認してから訊いた。

「いないわ」

「意外です。めちゃくちゃモテそうなのに」

「わたしがバツイチのシングルマザーだから、相手も慎重になるんじゃないかな」

慎重になっているのはわたしの方だ。前の夫と別れた原因は彼の不倫だった。カメラマンだった彼が、若いモデルの卵に手を出したのである。

娘が生まれてお互いの仕事が増え、他人からすれば順調な夫婦生活を送っているように見えただろう。しかし、夫婦にしかわからないすれ違いが積み重なり、会話が減り、体の接触もなくなり、彼が出張で家を空けるのを待ち望むようになった。

だから、元夫の浮気が発覚して離婚が決まったとき、ホッとした自分がいた。

元夫の名前は、康平。わたしはコウちゃんと呼んでいた。

「お子さんは男の子ですか、女の子ですか」

「娘よ。わたしが東京で仕事だから、京都の実家に預けて見てもらってるわ」

正しくはコウちゃんの実家だが、説明が面倒臭いから省略した。

「京都で暮らしてるんですか。羨ましいなあ。いいですよね、京都。明日香と一度観光旅行したことありますよ」

「そうなんだ。京都のどこに行ったの」

「ベタにお寺を回って、夏だったので鴨川沿いのすき焼き屋さんで川床を楽しみました」

柴田が懐かしげに目を細める。

川床は夏の京都の風物詩だ。娘が生まれる前、コウちゃんとスターバックスの川床によく通っていた。

「明日香ちゃんと仲がよかったのね」

「よく喧嘩もしましたけど俺は本気で愛してました。だから俺が明日香を殺すわけがないんです」柴田が初めて辛そうな表情を垣間見せる。「パニックになって、ほとんどあのときの記憶はありません。明日香を助けたかったからキッチンナイフを抜こうと柄を握って指紋がついてしまって……目撃者も容疑者もいなくて俺が逮捕されたんです」

「裁判で無実は証明できなかったの？」

「無理でした。弁護士が無能で、あっけなく負けて無期懲役の刑を受けました」

は？　ならば、堂々とバーで飲んでいるのはどういうわけだ？

「あの……事件はいつの話なの」

「二年前です。まあ、この話をしても信じてくれる人は皆無なんですけど」柴田がさも当たり前のように言ったあと、じっとわたしの目を覗き込んだ。「俺、脱獄してるんです」

「はあ？」

何言ってんの、この男。今、脱獄って言ったわよね。しかし、目付きや口調はしっかりしていて泥酔しているわけではない。

「ぶちこまれた刑務所がありえない場所だったんです。囚人たちは、『この世の極楽だ』って言ってました」

「極楽みたいな刑務所ってこと？」

「はい。何でも手に入るし、外出も自由なんです」

「ちょっと、待って。意味がわかんない。外出って何よ」

「だから脱獄ですよ。自由に出入りできる刑務所なんです」

わたしはとりあえず無理やり笑みを浮かべた。

もしかして……ギャグなのかしら。だとしたら、とてつもなくセンスがない。

本来なら、さっさとメーカーズマークのロックを飲み終えて店を出るところだが、隣に座る男にはわたしを妙に惹きつけるものがあった。カウンターの椅子にお尻が磁石で引っ張られているかのように席を立てずにいる。

「話を続けて」

「聞いてくれるんですか」

柴田が大げさに目を丸くする。

「まだ途中なんでしょ。お酒も残っているし、たまたま今夜のわたしには時間があるの」

あくまでも始発までの暇つぶしだから。わたしは自分にそう言い聞かせた。

「ありがとうございます。でも……」

「何？」

「俺の話を聞かなければよかったと後悔するかもしれませんよ」

「運命が変わっちゃうとか？」

　わたしはつい笑ってしまった。

「そういう可能性もあります」

　柴田が顔を曇らせる。ホラ話で女の興味を掻き立て、口説き落とすのが彼の手口なのかもしれない。それならそれで、こっちも楽しんであげるのが酒場のマナーだろう。

「かまわないわ。この店に辿り着いてあなたの隣に座ったことが悪運の始まりかもね」

「わかりました」なぜか、柴田が安心したかのような表情を見せた。「じゃあ、長くなりますが、俺の身に何が起こったのか事細かに話します」

「もし、最高に面白かったらあなたの飲み代はわたしが奢るわ」

「嬉しい提案ですけど無理だと思います」

「どうして？　そう見えないかもしれないけど、わたしそこそこ稼いでるから遠慮しないでよ」

「わかりました。面白かったかどうかは、話が終わったときに理々子さん自身が判断してください」

「うん。たとえダメでもわたしの分を払えとは言わないから安心して。じゃあ、もう一度乾杯しましょ」

「では、乾杯」

わたしと柴田はメーカーズマークとギネスビールのグラスを合わせた。

奇妙な契約が成立した。たまにはこんなお遊びも悪くない。

「続きはどこから話してくれるの？」

柴田はしばし宙を見つめ、言った。

「俺が、極楽と呼ばれた刑務所に入ったところからです」

4

石垣島の港から高速船で一時間近く離れた島に、その刑務所はあった。新しく建てられたらしく、驚くほど綺麗な施設だった。何も言われなければ、南の島のリゾートホテルと思ってしまうほどだ。

ただ、恋人の明日香を殺した罪で無期懲役の判決を受けたばかりの俺は、ずっと頭の中に靄（もや）がかかっていて、あちこちを観察する余裕などなく、気がつくと一人で舎房のベッドに座っていた。

シンプルな部屋だった。白塗りのコンクリートの壁、清潔な洗面台と洋式便器。俺が腰掛けているベッドとは別に、二段ベッドがある。鉄格子の窓からは、優しい陽の光が差し込んでいる。

どれだけの時間が経ったのかわからない。そもそも時間の感覚がない。腕時計はしていたが、倒れている明日香を助け起こそうとして転倒したときに壊してしまった。

だから、腕時計は明日香が死んだ時間を指したまま止まっていて、俺はこの腕時計を外すことができなかった。

明日香から去年の誕生日プレゼントに貰った大切な腕時計だった。

「新入りさん？」

鉄格子のドアを開けて、オレンジ色の囚人服を着た男が入ってきた。年齢は二十代後半だろうか。パンチパーマで眉毛(まゆげ)を細く剃ったベタなチンピラだ。背が高く筋肉質でいかつくて、アウトローのオーラを身にまとっている。

「あっ……」

「おい。挨拶(あいさつ)くらいしろよ」

「は、初めまして。今日から、お世話になります。柴田と申します。よろしくお願いいたします」

俺は慌てて立ち上がり、深々と頭を下げた。

すぐに挨拶ができなかったのには理由があった。パンチパーマの男が、看守に連れられてではなく一人で舎房に入ってきたこと。鉄格子のドアに鍵がかかっていないこと。そして、パンチパーマの手にある缶ビールに気を取られたのだ。

「硬いな。この刑務所はそういうんじゃねえから」パンチパーマの男が鼻で嗤う。「とりあえずはリラックスしなよ。座れよ」

「えっ？」

「座れって」

「は、はい」

俺は言われるがままにベッドの端に腰掛けた。

「よっこらしょっと」

パンチパーマの男が二段ベッドの下の段で胡座をかき、グビグビと缶ビールを飲む。

「あの……それ、ビールですよね？」

「見りゃわかんだろ」

「お前も飲むか。洗面台の下を開けてみろよ」

俺は呆気に取られつつ洗面台の下の扉を開けると、そこには当たり前のように小型の冷蔵庫が鎮座していた。

「れ、冷蔵庫があるんですね」

「うん。喉が渇いたら、ご自由に」

「飲んでいいんですか？」

「もちろん」

半信半疑で冷蔵庫を開けた。パンチパーマと同じ銘柄の缶ビールが五本に、ミネラルウォーター、お茶のペットボトル、卵と納豆、スイーツの類まである。

「プリンは食べちゃダメだぞ。小林さんのだから」

パンチパーマの男がゲップ混じりに言った。

「小林さん？」

「言っとくけどな、ここのボスはおいらじゃねえ。小林さんだ。あの人には絶対に逆らうんじゃねえぞ、いいな？」

「は、はい」

……三人部屋なのか。看守に説明されたと思うが、記憶がない。説明どころか、看守がどんな顔をしていたかも忘れた。

明日香の死は俺の心だけではなく、脳みそまで破壊した。いずれ、俺のすべてが粉々になるだろう。

「自己紹介がまだだったな」パンチパーマの男がベコッと飲み終えた缶ビールを潰す。「おいら、トンボって言うんだ。よろしくな」

「トンボ、ですか？」

「ホントは剛って言うんだけどよ、小林さんにあだ名つけられちまってよ」

「そうなんですか」

古い……。いつもの俺ならうんざりするところだが、今となってはどうでもいい。俺の中から喜怒哀楽の感情は完全に消えてしまった。

「お前、ホント覇気がねえな。まぁ、ここに居たらすぐ元気になるよ。ジムのトレーナーと栄養士のお陰で健康的にもなるしな」

「……冗談ですよね？」

俺はトンボの言っている意味が理解できず、引き攣った笑みを浮かべた。

「だから、ここは体調管理がバッチリ行き届いてんだって。スポーツジムにはプールやヨガスタジオもあるぜ」

「ヨガまであるんですか？」

囚人たちが並んでヨガをしている姿なんて、まるでコントではないか。

「おう。汗を掻いたらスパでひと休みってわけだ。アロマッサージやタイ式マッサージでまったりできるんだよ」

「ここってホントに刑務所なんですか？」

トンボが嘘を言っているようには見えない。からかっているのでなければ、重度の妄想癖でもあるのだろうか。

「あたりめえよ。お前も警察にとっ捕まって、裁判で有罪になってここに来たんだろ」

「はい。でも、俺は殺してません。無実なんです」

「みんな、そう言うんだよ」

「本当なんです。信じてください」

トンボが意味ありげにニンマリと笑い、潰した空き缶をトイレの横のゴミ箱に、バスケットボールの3ポイントシュートのように投げ入れた。

シュートは見事に決まり、ゴミ箱が小気味いい音を立てる。

「極楽プリズンへようこそ」

俺は顔を伏せ、時間の止まった腕時計を見た。

ハミルトンのカーキ・フィールド。

この腕時計を見るたびに、俺は明日香を思い出すのだろう。

5

「ねえ、柴田くん。プレゼントは何が欲しい？」

白いニット帽をかぶった明日香が、俺の顔を覗き込んできた。

去年のクリスマス。街のいたるところからクリスマスソングが聞こえてくる中、俺たちは他のカップルと同じく腕を組んで表参道を歩いていた。

「明日香が選んでくれる物なら何でもいいよ」

「本当に？」明日香が悪戯(いたずら)っ子みたいにニヤリとする。「じゃあ、鬼ごろしをワンケースでいいかな。一・八リットルパックが六本も入っててお得だよ」

「飲みきれないだろ。居酒屋の仕入れじゃないんだから」

「大丈夫。その時は、オレも手伝ってやるから三人で酒盛りでもしようぜ」俺と明日香の間から、リクオがひょっこりと顔を出す。「鍋パーティーでもしちゃう？」

「賛成！」

明日香が無邪気に手を挙げて乗っかる。

「おい、リクオ。お前、何で俺たちのクリスマスのデートについてきてるんだよ」

「アドバイザーだよ」リクオがとぼけた顔で肩をすくめる。「どうせまた明日香ちゃんへのプレゼントに変なもの買うだろ？　去年はほら、ドクロ柄のニット帽を買ってたしさあ」

「あれなら大事にクローゼットの奥の奥に保管してるよん」

　明日香が一緒になってからかってきた。二人は俺を馬鹿にするとき抜群のコンビネーションを発揮する。

「保管って何だよ。使う気ないじゃないか」

　俺はこの三人の時間が嫌いではなかった。明日香はリクオといるとき、よく笑ってくれる。俺も明日香のメンタルを守るために努力はしているが、一人だと時々荷が重くて、潰れそうになる。

　青山通りのビルの間から、ひときわ冷たい風が吹いた。

「さむーい」

「はい、鬼ごろし」

　リクオが待ってましたとばかりに、コートのポケットから鬼ごろしの紙パックを取り出した。

「いらないって」

俺はリクオの手をガードした。明日香を笑わせるために毎回小ネタを用意しているのには頭が下がる。

「柴田くん、一緒に飲もうよ。体がポカポカするよ」

明日香が鬼ごろしを受け取ろうとしたので、俺が奪い取って自分のダッフルコートのポケットに入れた。

「明日香、ここ表参道だぞ。鬼ごろしを飲みながら歩くカップルなんておかしいだろ」

「ロマンチックじゃん」

「どこがだよ」

「うふふ」

明日香が嬉しそうに笑って、リクオと目を合わせた。

「もしかして、わざと怒らせてる？」

「だって、柴田くんの怒った顔って、余裕がなくて可愛いんだもん」

「はあ？　何だよ、それ」

「わたし、余裕のある男の人が苦手なんだ。自分がダメ人間だから余裕のある人の前だとみじめな気持になっちゃうんだよね」

「ダメ人間でよかったな、柴田。相性ピッタリじゃんか」

　リクオがさらに煽（あお）る。

「うるせえ」

「これからも余裕のない柴田くんでいてね」

　明日香が俺の腕をギュッと強く握った。

「わかったよ……」

　腑に落ちないが、悪い気もしない。

　とにかく明日香は自分に自信がなく、そんな彼女に必要とされていることが嬉しかった。こんなクズみたいな俺でも誰かの役に立っているのだと実感できる。

「柴田くん、決めた？　クリスマスプレゼントは何が欲しい？」

「うーん、何にしようかな」

「靴がいいんじゃないか」リクオが提案する。「柴田、いつも靴紐が解けてるしさ」

「あ、新しいスニーカー欲しいかも」

「オッケー、じゃあ、先に原宿行ってビームスとか覗いてくるわ」

「待ってくれ。高い店は無理だって」

「相変わらずの金欠ぶりだな。じゃあ、ＡＢＣマートね。一時間後に待ち合わせしようぜ。二人でゆっくりお茶でもしてろよ」

リクオが手を振り去っていった。

すれ違った女子高生のグループがリクオの背中を目で追い、きゃあきゃあとはしゃいでいる。あいつに何年も恋人がいないのが本当に不思議でならない。

「柴田くん、腕時計が欲しいって言ってなかった?」

「そうだっけ? 別に時間はスマホを見ればわかるし、スニーカーでいいよ」

「ふうん」

本当は、ハミルトンのカーキ・フィールドに憧れていたが、ゆうに五万円はするので明日香に負担はかけられないし、俺もお返しにそんな額は使えない。

「明日香はプレゼントは何が欲しいんだよ」

「えーと」明日香が曇った空を見上げる。「私もスニーカーがいい。一緒に選ぼうね」

本当はもっと欲しいものがあるはずだ。でも、甲斐性のない俺のために明日香はいつも我慢してくれている。

交差点で赤信号が変わるのを待っていると、明日香の隣にブランドの紙袋をいくつも持った背の高いキツネ目の男が並んだ。紺のスーツにベージュのコートを羽織っている。

「西田さん?」

明日香が、男に声をかけた。

「ん？　誰？」

男が露骨に眉を顰める。

「イラストレーターの木内明日香です。何度か、お仕事をさせていただきました」

「あー、はいはい」

明らかに思い出していない表情だ。俺は、西田と呼ばれたこの男が一発で嫌いになった。

「柴田くん。こちら担当編集者の西田さん」

それでも、明日香はめげずに紹介してくれる。

「明日香がいつもお世話になってます」

俺は、イラついているのが顔に出ないように頭を下げた。

「どうも」

西田が興味なさそうに、俺を一瞥する。

「西田、これも持って」

今度はピンクのベレー帽をかぶったアルパカみたいな顔の女が現れ、シャネルの紙袋を西田に渡した。どぎついパープルのロングコートが人混みの中で浮いている。

「は、はい。いつの間に購入されたんですか」

西田が態度を豹変させて、紙袋をベレー帽の女からうやうやしく受け取る。

「あんたが目を離した隙よ。どんだけぼさっとしてんの」

「す、すいません」

「西田、お腹すいた」

「念のため、白金のフレンチと恵比寿のイタリアンのお店を予約してます。どちらにしますか？」

西田が卑屈な笑顔を作る。俺は反射的にぶん殴りたくなった。ベレー帽の女の高圧的な態度にも腹が立つ。

「どっちにしようかなあ。今日は和食が食べたい」

ベレー帽の女が、スマホを見ながら顔も上げずに言った。

「クリスマスに〝和〟ですか？」

「中華でもいいなあ。北京ダック食べたい。美味しくなかったらすぐ帰るから」

「かしこまりました。い、今すぐ探します」

西田が慌てて自分のスマホで検索を始める。

「手嶋（てじま）ちゃん」

唐突に明日香がベレー帽の女に声をかけた。

「あれ、明日香じゃん？　こんなところで何してんの？」

手嶋と呼ばれた女は明日香を見て微笑んだが、目の奥が笑っていなかった。口調にどこか見下したような棘(とげ)がある。

「クリスマスだから……」

「知り合い？」

俺は明日香に訊いた。

「専門学校が一緒だったの。漫画家の手嶋先生。柴田くん、昔、キャンプで会ったことあるよ。そのときはまだ手嶋ちゃんデビューしてなかったけど」

「え！　あの、天才漫画家の？『恋してごめん』の作者の？」俺は思わず手嶋に駆け寄って握手をした。「いつも読んでます！」

正直、昔キャンプで会ったことはまったく覚えていない。しかし、『恋してごめん』こと『恋ごめ』は、ドラマや映画になったほどの大ヒット漫画だ。いつも、ネットカフェの新作で入荷されるのを楽しみにしていた。

「読んでるの？」

明日香は途端に機嫌が悪くなる。

「俺、大ファンです！」

「大ファンなの？」

「そうだよ、言ってなかったっけ？」

　ここまで言って、俺は自分の愚かさに気がついた。

　明日香も付き合った当初は漫画家志望だった。何作も描いては出版社に〝持ち込み〟をしていたが、まったく芽が出ず、いつの間にかイラストレーターに鞍替えをしていた。

　同じ専門学校の同級生が全国的な有名作家になっているなんて、明日香の口から聞いたことはなかった。

「もしかして、手嶋ちゃん、西田さんと付き合ってるの？」

　明日香が引き攣った顔で話題を逸らす。

「そんなわけないじゃん」

　手嶋が小馬鹿にしたように嗤った。

「めっそうもありません」

　西田が下僕のように背中を丸める。この男と手嶋にますますムカついてきた。

「そういう明日香はデート？」

「うん。彼氏。今、一緒に住んでるんだ」

　明日香が、見せつけるようにして俺の腕に抱きついた。漫画の才能ではボロ負けかもしれないが、アルパカそっくりのルックスに対して、明日香のルックスは圧勝だ。

「へえ」手嶋が一ミリも表情を変えずに返す。「あ、そう言えば明日香、靴のサイズ何センチ？」

「二十三・五だけど？」

「私と一緒だ。じゃ、一足あげるね。えーと上からグッチ、プラダ、フェラガモ、ルブタン」手嶋が、西田の手にあるブランドの紙袋を順に指す。「あとこれ何だっけ？」

「エルメスです」

西田が得意げに鼻を鳴らした。手嶋を立てるためのわかりやすい援護砲だ。

「どれがいい？」

手嶋が顎をあげ、明日香を見下ろした。

「そんな高い物もらえないよ」

「私の初版部数知ってるでしょ？　これぐらいの買い物なんて痛くも痒くもないから遠慮しないで。友達じゃない」

勝負はついた。天才漫画家にしたら、俺たちみたいな平凡なカップルを惨めさの極地に追い込むなんて、赤子の手を捻るよりも簡単なことなのだ。

「いらないよ。わたし、彼氏に靴買ってもらうから」

明日香が、手嶋を睨み返す。

「そうなんだ。どこのブランド？」

「どこだっていいだろ」

俺は拳をギチギチに握りしめて言った。体が震えるほどの怒りは久しぶりだ。

「へえ、お似合いの二人だね」手嶋が白けた目で俺たちを見る。「さあ、西田。ディナー行くわよ」

「かしこまりました」

二人は何事もなかったかのように表参道の人混みの中へと消えていった。

明日香は俺の腕から手を離し、手嶋たちとは反対側へと足早に歩き出す。

俺は黙って、明日香のあとを歩いた。経験上、下手に慰めると逆効果なのはわかっている。明日香が落ち着くまで、とことん待ってあげるのが彼氏の務めだ。

表参道ヒルズの前を過ぎ、明治通りから原宿駅を越えて、代々木公園まで二人でトボトボと歩いた。真冬でかなり寒いが、まだ昼間だということもあり、代々木公園にはカップルや家族連れが大勢いた。

明日香は、代々木公園の中ほどにある噴水の前のベンチに腰掛けた。当然、俺も隣に座る。

「お義父さんに電話しようかな。一人のクリスマスで寂しがってるだろうし」

「うん。してあげなよ」

「柴田くんも聞く？」

明日香が、マイク付きのイヤホンをバッグから取り出して、スマホに接続した。

「え？　ダメだって。親子の会話を盗み聞きなんてできないって」

「聞いて欲しいの。お義父さん、絶対に説教してくるから、わたしだけだったら辛いし。柴田くんが一緒に聞いてくれたら安心するんだ」

「……わかったよ」

あまり気は乗らなかったが、手嶋と遭遇してダメージを食らったあとなので従うしかない。

俺は渋々、イヤホンの片方を左耳に挿した。

明日香が電話をかけ、呼出音が鳴る。頼むから出るなと願ったのも虚しく、お義父さんがあっさりと出た。

『もしもし？　どうした、明日香。そっちから電話をするなんて珍しいじゃないか』

イヤホンのせいか緊張のせいか知らないが、お義父さんの声がオペラ歌手のように太く聞こえて、異常に緊張してしまう。

「お義父さんにメリークリスマスを言おうと思っただけ」

明日香がぶっきらぼうに言った。

『そうか、ありがとう』

お義父さんが嬉しそうな声になる。スマホの向こうでニヤけているのが目に浮かぶ。

「今度、プレゼント送ってね。お米でいいから」

『やっぱりプレゼントのおねだりか。ところで今どこで誰と何してるんだ』

「今、彼氏とラブラブクリスマスデート中なの」

おいおい、お義父さんを刺激するような言い方はやめてくれよ。

俺は思わず背筋を伸ばし、ベンチで直角になって硬直した。

『彼氏って？　前に言ってた、将来性が期待できない奴のことか？』

お義父さんがズバッと斬ってくる。まさか俺に聞かれているとは思っていないだろう。

「期待できるわよ」

明日香がムキになって言った。

『どうだか。あと、明日香、イラストの仕事は辞めてくれたのか』

「クリスマスにそんな事言わないでよ」

そんな話は知らない。俺はげんなりしている明日香の顔を見た。

『クリスマスだから言うのだ。年内に仕事を辞めてボンクラと別れて、田舎に戻ってきなさい。おばあちゃんが寂しがってるぞ』

「私の事は放っといて！」

明日香が声を荒らげる。ベンチの前にいた数羽の鳩がビックリして飛び立った。

『放っとけるわけないだろ。家族なんだぞ。不幸な明日香に幸せになって欲しいんだ』

「お義父さん。私は今、充分に幸せだよ」

明日香が手袋を外し、俺の手を握ってくれた。その暖かさに、俺は不覚にも泣きそうになった。

『嘘を言いなさい。自ら幸せのハードルを下げるな。何度言えばわかるんだ。どうしようもないボンクラとは別れなさい』

お義父さんの暴言に俺は怒ることができなかった。叶わない夢をダラダラと追い続けているくせに何の努力もしていない俺は、ボンクラそのものだ。

『その男は結婚してくれるのか』

「それは……」

明日香がビクリと俺の手を放した。

『プロポーズしてくれるのか。そもそも、お前は花嫁修業してるのか。包丁すらまともに扱えないだろうが。魚も捌(さば)けない女にエラそうなことを言う資格はないぞ。今すぐ実家に帰ってきなさい』

「捌くわよ！　捌けばいいんでしょ！」興奮した明日香が一方的に電話を切った。

「ホントうるさいんだから」

「……大丈夫？」

「うん。一緒に聞いてくれてたおかげでいつもよりは平気。ありがとうね、柴田くん」

「どういたしまして。俺もドキドキして楽しかった」

逆に俺の方がダメージを受けたが、何とか元気に振る舞わなくてはいけない。せっかくのクリスマスに明日香を悲しませたくはなかった。

「出刃包丁が欲しい」

明日香が、いきなり立ち上がった。

「え？」

「クリスマスのプレゼント」

「……マジ？」

「すっごい切れ味の鋭い本格的な包丁が欲しいの。明日からちゃんとお料理をするの。わたしは魚を捌きたいの！　魚を捌ける女ってワンランク上な気がするもん。できる女って感じでしょ」

「まあ、そうだけど……」

「今夜はお刺身！」

「クリスマスに？」

「柴田くん。やっぱりクリスマスなんだから、お洒落なレストランで美味しいディナーとかチークダンスがしたいの？」

「ダンスはちょっと……」

まくし立てる明日香に、俺は圧倒されるばかりだった。明日香はメンタルが弱い反面、たまに暴走するときがある。

「金物屋に行こう！　原宿にあるかな？」

明日香は俺の手を取り、強引に俺を立たせた。

真冬の代々木公園を明日香と手を繋いで駆け抜けたのは、忘れることのできない思い出だ。

俺たちは渋谷に出て、東急ハンズで本格的なキッチンナイフのセットを買った。目玉が飛び出るような値段だったけど、二人のプレゼントということでお金を出し合った。リクオのことはすっかり忘れて帰った。

そのキッチンナイフが、半年後に明日香の背中に突き刺さるなんて想像すらできなかった。

6

「食うた、食うた。たらふく食うたわ」

男のダミ声に、俺は去年のクリスマスの回想から我に返った。

「おかえりなさい」トンボがうやうやしく、舎房の入り口に向かって頭を下げる。

鉄格子の前に、競馬雑誌を持った小柄な囚人服の男が立っていた。年齢は四十歳前後だろうか。髪をオールバックに撫で付け、眉毛は海苔みたいに黒々と太く、カミソリみたいな目をしている。身長は百六十センチあるかないかだが、威圧感が尋常ではない。

「誰や、この子？」男がダミ声の関西弁で訊いた。

「入りたてホヤホヤの新入り君っす」

間髪容れずにトンボが答える。

「初めまして、柴田と言います」

トンボの緊張感がこちらまで伝わり、俺はつい直立不動になった。

「小林や。よろしくな」

「よ、よろしくお願いします」

小林が無表情で俺の周りをゆっくりと歩く。

まるで、餌の品定めをしている虎のようだ。出入り自由の舎房なのに、檻に閉じ込められた気分になる。

「兄ちゃん。プリン、好きか」

「嫌いではないです」

「冷蔵庫のプリンは、全部、ワイのやから、食べたらアカンで」

「は、はい」

自分のことを〝ワイ〟と言う人間をVシネマ以外で見たのは初めてだ。

「牛乳プリンに焼きプリン、プリンと名のつく物は、全部、ワイのや。わかった？　ヨーグルトは食べてもええぞ」

「わかりました」

「トンボ。こいつ、何でこんなカチコチなん？」

「さあ？　緊張してんじゃないっすか」

トンボが少し嬉しそうに答える。俺がこの舎房のボスにビビっているのが愉快で仕方ないのだ。

「この刑務所の説明はしてあげたんか？」

「軽くしたんっすけど、全然、信じてないっすね」

トンボが舐めた態度で俺を睨みつける。典型的な腰ぎんちゃくだ。自分より下の人間ができたことで早くも調子にのっている。

「兄ちゃん。腹、減ってるか」

小林が、斜め横から俺の顔を覗き込んだ。袖をまくっている囚人服から覗く腕が異様に太い。

「いいえ、食欲がありません」

「人間、食べな持たへんで。ここの食堂はな、食いたいもんを何でも注文できるねん。兄ちゃん、何が好きなんや」

「食べ物ですか？　好き嫌いはほとんどないんですけど……」

実はパクチーやレバーなど、苦手なものはいくつかあるが、言わないほうがよさそうだ。

「ちなみにワイは、今、豚のしょうが焼きを食うてきたわ」

「また、しょうが焼きっすか。よく飽きませんね」

トンボがここぞとばかりに軽口を叩いた。

「アホ。何べん食べても飽きひんから大好物なんやろうが。兄ちゃんは、しょうが焼きは好きか」

「き、嫌いではないです」

関西人独特のテンポで会話が進んでいく。緊張感も重なり、話についていくので精一杯だ。

「ここの刑務所のしょうが焼きはひと味違うで」小林が、自分が作ったかのように得意気な笑みを浮かべる。「鹿児島産の黒豚に、しょうがは島根県出雲の山田さんが愛情を込めて作ってるんや。ほんで醤油は小豆島の生一本黒豆醤油。それらを一流シェフがポークソテーのジンジャーソースに仕上げててな、もう飯が止まらんぞ」

「かなり……美味しそうですね」

「トンボ、昼飯まだやろ？　この兄ちゃんを食堂まで案内したれ」

「すんません。昼はもう食っちゃいました」トンボが気まずそうに顔をしかめる。

「なんや、それ。何を食うてん？」

「今日はグリーンカレーっす。デザートにバナナの揚げたやつも頂きました。めっちゃ、美味かったっす」

「そんな料理まであるんですか？」

俺は驚いて二人を見た。グリーンカレーにバナナの揚げたやつって……。タイならいざ知らず、ここは日本の刑務所なのだ。

……極楽みたいな刑務所。

トンボの言葉がにわかに真実味を帯びてきた。

「何でもあるで」小林がさらにドヤ顔になる。「寿司に焼肉にイタリアン。最近、囚人たちの間で流行ってるのはスペイン料理や。タコのガリシア風とかハモン・イベリコとかパエリアやな」

「そうそう！」トンボが抜群のタイミングで合いの手を入れる。「おいら、あれ好きなんっすよ。ガーリックオイルとアサリのピリ辛いヤツ」

「アヒージョな。白ワインが止まらへんよな。どや、今夜はスペイン料理で兄ちゃんの歓迎会でもしよか」

「いいっすね。賛成っす！」

「あの……困ります」俺はあからさまに暗い声で二人の会話を遮断した。

「なんでやねん？」小林がカミソリの目を見開き、ギロリと俺を睨む。「兄ちゃん、下戸なんか」

「いや、お酒は飲めますけど」

「ほんなら、何でやねん」

俺は小林の迫力に負けそうになり、俯(うつむ)いた。舎房では平穏に過ごしていきたいが、この男の舎弟になるつもりはない。

「おい、どうしたんだよ」トンボがうしろから俺の背中を小突く。

「歓迎はおかしいでしょ。俺は殺人罪で捕まってここに来たんですよ」

　震える声で抗議した。怒りと戸惑いと明日香を失った悲しみが混ざり合い、頭の中が熱くなって爆発しそうだ。

「あれ、さっきは殺してないって言ってたよな。小林さん、こいつ、マジでそう言ったんっすよ」

「兄ちゃん、誰を殺してん？」小林が競馬雑誌を丸めて俺を指し、凄みのある声で訊いた。

「俺は殺してません。無実なんです」

「まあ、みんなそう言うわな」

「本当なんですよ！」

「わかった、わかった。ほな聞き直すわ」小林が宥(なだ)めるように言った。「誰が、殺されたんや」

　俺は答えることができなかった。明日香の名前を出せば、彼女が俺の記憶から永遠に消えてしまう気がした。

　去年のクリスマスのときに俺をからかっていた明日香の顔を思い出し、奥歯を強く嚙みしめた。そうしないと勝手に涙が溢れてくる。

「嫁さんが殺されたんか」

俺はゆっくりと首を横に振った。

「ほな、恋人か」

明日香を抱きしめることはもうできない。彼女の肌の温もりはまだ両手に残っているが、いつか忘れてしまうかもしれないことが何より怖かった。

一度でいい。たった一度でいいから、明日香に会って最後に抱きしめたい。

長い時間をかけて、俺は微かに頷いた。

「ハイチュウ食べるか」

小林が俺の肩に優しく手を置き、小さな菓子の包みを一つ取り出した。

「いりません……」

どうして、このタイミングでお菓子を食べさせようとするのか。関西のおばちゃんは、すぐに「アメちゃん、食べる？」と言うらしいが、それと同じノリなのか。

「あ、おいら、欲しいっす」

トンボが俺の代わりにハイチュウを受け取り、口の中にポンと放り込む。俺の恋人が誰に殺されようが、所詮は他人（ひと）ごとなのだ。

「まあ、潔く諦めるこっちゃな」

小林が同じく軽いノリで、丸めた競馬雑誌で俺の肩を叩いた。

「諦められるわけないでしょ！」

ブチンと頭の中で何かが切れ、俺は競馬雑誌を手の甲で撥ね除けた。勢いよく、競馬雑誌が舎房の隅まで吹っ飛ぶ。

「てめえ、何すんだ！」トンボが慌てて競馬雑誌を拾いに走る。

「落ち着けや、兄ちゃん」小林がまったく動じずに首を回し、コキコキと骨を鳴らした。

「柴田です」

「あん？」

「俺の名前は柴田です。ちゃんと覚えてください」

「じゃあ、あだ名はシーバやな」

「はい？」

「可愛らしくてええやろ」

この男はまだ俺をからかおうとしている。悲しみよりも怒りが上回ってきた。

どうして俺は恋人を失った上にこんな理不尽な目に遭わなければいけないんだ。神様がもし本当にいるのなら、いったい、俺に何の試練を与えたいんだよ。

「俺は殺してません。誰かが、明日香を殺したんです」

俺は小林とトンボに向かって怒鳴った。二人に怒りをぶつけても意味はないとわかっているが、せめて話だけでも聞いて欲しかった。

「その明日香ちゃんってのが恋人なんか」

やっと小林が真面目な顔つきになってくれた。

「はい。一緒に住んでました」

「同棲か。ラブラブやったんやのう」小林が目を細めた。

「それなりに……愛し合っていました」

いつの間にか、隣に明日香がいるのが当たり前になっていた。出会えただけでも奇跡なはずなのに、ただただ甘えていた。

もっと大切にできたはずだ。もっと愛し合えたはずだ。後悔の波が俺に容赦なく押し寄せる。

「明日香ちゃんと結婚する気やったんか？」

俺は力強く頷（うなず）いた。この気持ちに嘘はない。明日香と一緒に歳を取って、人生を歩んで行きたかった。

「プロポーズはしたのかよ」トンボが割って入る。

「来年しようと思ってました」

「来年のいつだよ？」

「明日香の誕生日に……」

　これも嘘ではなかった。

　去年のクリスマスの翌日、明日香は俺に「柴田くん、本当はスニーカーじゃなくて時計が欲しかったんでしょ」と言ってハミルトンのカーキ・フィールドをプレゼントしてくれた。

　そのとき、明日香と本気で結婚しようと決心したのだ。今思えば、どうしてあのときすぐにプロポーズしなかったのだろうか。

「えっ？」

「犯人の目星はついてんのか」小林がベッドに腰を下ろし、俺を見上げた。

「シーバは殺してへんのやろ？」

「信じてくれるんですか？」

「とりあえずは聞いたるわ。色々と言いたいこともあるやろしな」

　胸に嬉しさが込み上げ、強張っていた全身の筋肉が一気に解れるような感覚に包まれた。やっと耳を傾けてくれる人が現れた。たとえ、それが刑務所の中であっても救われた気持ちになる。

「ありがとうございます。とりあえずでも嬉しいです」

「小林さんは優しいよなあ」トンボが少し嫉妬を滲ませた顔でボヤいた。

「トンボが初めてここに来たときも聞いたったやないか」

「そうっすか？　覚えてないっす」

「ビービー泣いとったくせにようまう言うのう」小林が、悪戯っ子のような声でからかう。

「泣いてないっすよ。何、言ってんすかあ」

「一晩中、泣いとったやろうが」

「新入りの前でやめてくださいよ！」

トンボが甘えた声で小林の腕を摑んだ。ボスとして惚れているのはわかるが、やけに馴れ馴れしい。

「ないんです」

俺は二人のやりとりを無視して口を開いた。

「はあ？　何がだよ」

トンボが小林の体から離れて俺を睨む。

「思い当たるフシがないんです。明日香は、ごく普通のイラストレーターでした。殺されるほどの恨みを買っていたとは思えません」

「じゃあ、泥棒かなんかじゃねえの？」

「やめろや」小林が熱り立つトンボを窘める。

「だって、それしか考えられねえし。盗みに入ったところを明日香ちゃんに見られてブスリ！」

トンボが調子に乗って、ナイフで刺す仕草を俺に見せつけた。冗談であっても許される行為ではない。

「お前な……」

俺はトンボに摑みかかろうとした。だが、俺の怒りをいなすように、小林が絶妙の間でトンボに声をかけた。

「トンボ。コンビニでプリン買うてこい」

「プリンなら冷蔵庫にいっぱいあるじゃないっすか」

「新品のプリンが食べたいねん」

「は、はい。すぐに買ってきます」

小林の有無を言わせない眼力に、トンボが簡単に折れる。

「すぐやなくて、ええ。じっくりと選んで時間かけろ。ワイがオッケー出すまで戻ってくんな」

「……わかりました」

トンボが肩をすくめて鉄格子を潜り、舎房を出て行く。なんだか可哀想な気がしてきた。トンボは明日香のことを何も知らない。俺だって、ニュースで赤の他人の死亡事故を観たあとで「美味い、美味い」と料理を食べたり、リクオとカラオケで熱唱したり、明日香とセックスをしたりしていた。

誰だっていつかは死ぬのだ。その順番が俺より早かっただけなのだとしか、その頃は思えなかった。

「悪かったな、シーバ。トンボは空気の読めんアホやけど、根はええ奴やから許したってくれ。まあ、こっち来て座りや」

俺は、言われるがまま小林の隣に腰を下ろした。

「この刑務所にはコンビニもあるんですね」

「そうや。ここは天国や。シーバが望むものは何だって手に入るで。部屋の出入りはいつでもオッケー、買い物もいつでもオッケーやぞ。ブランドショップや、めっちゃ美味い飯屋も勢揃いやしのう。お金がなくてもツケは利くで。ほんで置いてない商品はインターネットで取り寄せればええねん。高級なもんだけとちゃうで。モスバーガーやスタバもあるんや。どや？　極楽やろ」

「スターバックスまで？」

「あとで飲みに行こうか。ワイ、チャイティーラテのアイスにたっぷりハチミツ入れるのが好きやねん」

「はあ……」

呆気に取られて声が出ない。小林の言うとおりの恵まれた環境ならば、ここは刑務所としてまったく意味を持たないではないか。

俺は冤罪だから、罰せられるのは納得できなかったが、ここの刑務所は、拍子抜けを超えて呆れてしまう。

「シーバは泳げんのか？　温水プールもあるから一緒に泳ごうや。ジャグジーもあるど。ほんで、地下の娯楽室にはビリヤードやダーツやミニシアターがあんねん。今夜、飲みながらブルーレイで映画でも観るか」

「そんな気分じゃないです」俺は正直に答えた。

「なんや、映画嫌いなんかい」

「いえ……どちらかというと好きでした」

脚本家になろうと本気で頑張っていた時期は、年に二百本以上は観ていた。しかし、過去の名作を観れば観るほど、自分の才能のなさを突きつけられて、俺は、苦しさのあまり、努力というプールから顔を上げてしまった。水面に顔を出してしまえば、もう一度努力のプールに潜るのは不可能に近い。

「じゃあ、《ファインディング・ドリー》観ようや。ワイ、こう見えてピクサーがめっさ好きやねん」

「だから、遠慮しますって」

「アニメが嫌やったら実写でもええど。ジャッキー・チェンの全盛期のアクションでスカッとするか」

小林が慰めてくれようとしているのは有り難いが、あまりにもピントがズレている。フィクションなんかでは、俺の心の傷は決して癒せない。完治は絶対に無理だ。

もし、わずかながらに癒せるとすれば……明日香を殺した本人を見つけ出し、どうにかして復讐することだけである。

「海外ドラマのほうが好きか？　ワイ、ゾンビのやつにハマってるねん。タイトル、何やったっけ？」

おそらく、《ウォーキング・デッド》のことだが、ハマっているというのは間違いなく嘘だ。本気でハマっているのなら、タイトルを忘れるわけがない。

「小林さん、おかしくないですか？」

俺は強引に話題を変えた。今の俺に、極楽気分を味わっている余裕はなかった。

「ん？　何がや？」

　話を逸らされた小林が首を傾げる。

「この刑務所ですよ。いくら何でも自由過ぎます」

「しゃあないやんけ。これが、ここのプログラムやねんから」

「プログラム？」

「まあ、簡単に説明するとやな。厳しい刑務所に犯罪者をブチ込んでも、結局は効果がないっちゅうこっちゃ」

「そんなことはないと思いますけど……」

「じゃあ、刑務所のおかげで犯罪率は下がってると思うか？　悪いことしたら逮捕されるってわかってるのに、何で罪を犯す人間があとを絶たへんねん」

　俺は答えに詰まった。

　明日香を殺した人間は、何の目的があったのだろうか。俺の部屋には物色された形跡はなく、明日香の衣服も乱れていなかった。物盗りやレイプの線が外れたからこそ、俺が疑われたのだ。

　犯人は何がしたかった？　殺人に手を染めるほど明日香に恨みがあったのか？　それとも、相手は誰でもよくて、単純に人を殺してみたかっただけなのか？

「なんで、人は罪を犯すねん」

小林が厳(おごそ)かな声で訊いた。ダミ声なのに、ベテランの舞台俳優みたいだ。

「俺に聞かれても……」

「直感でええから答えてみ」

「……お金がないからですか」

「金持ちの犯罪者もたくさんおるやろ」

「じゃあ、欲望があるから？」

「その欲望はどこから来るねん」

俺は首を捻った。

小林の質問は禅問答のようでとらえどころがない。

「脳みそや」小林が自分のこめかみを人差し指でトンと突いた。「脳が満足してへんから、いらん欲望が生まれるねん。人間がおかしな行動取るときはセロトニンが不足しとる。セロトニンが不足するから、人は罪を犯すねん」

「……セロトニン？」

どこかで聞いたことのある単語だ。

「三大神経伝達物質のひとつや。セロトニンが足りんくなるとノルアドレナリンやドーパミンが暴走して、キレやすくなったり鬱になったりするねん。人間の精神の安定に、セロトニンはかなり影響しとるっちゅうわけや」小林がまるで医者か教師の如く、流暢な口調になる。「自殺する人間の脳も、セロトニンが圧倒的に少ないと統計が出とる。病院の屋上から飛び降りようとしている奴は、脳の中のセロトニンを増やさんと、えらいことになってまうんや」

「はあ……」

小林の意外な知識に驚いた。しかし、屋上の喩えがなぜ病院限定なのだろう。この男、賢いのかそうでないのか判断に悩む。

「セロトニンを増やすには、規則正しい生活と運動。あとは太陽の光をたっぷりと浴びることが大切やな」小林が立て続けに知識の披露を続ける。「もちろん、食事も大切やで。マグロや納豆、ヨーグルトにバナナを入れて食べるのも効果的やで。どや、よう勉強してるやろ？」

「ずいぶんと詳しいですね」

「愛読書は《ナショナルジオグラフィック》やねん」

小林が冗談めいてニヤリと笑う。

「つまり、この刑務所は、囚人のセロトニンを増やすのが目的ってことですか」

「ここの所長は、脳科学の権威やねん。囚人たちの行動は監視カメラで逐一観察されて、データ化される。将来的に犯罪ゼロの社会を目指しとるんや」

「俺たちはモルモットってわけですか」

俺は情けなくなり、笑うしかなかった。

「そんな言い方すんな。セロトニンが減る一番の原因がストレスや。ワイら囚人は、ストレスがかからないように快適な暮らしが与えられとるねん」

「だから、こんなにも好き勝手が許されるんですね」

「そういうこっちゃ」

「でも……」俺は投げやりな口調でボヤいた。「囚われの身である以上、いくら自由だとしてもストレスは完全には拭えないんじゃないですか。刑務所を出て、好きな場所に行くのは無理でしょ？」

ここが極楽であればあるほど虚しくなる。餌を与え続けられる家畜と、何ら変わりがないではないか。

「行けるで」小林があっけらかんと言った。「いつでも脱獄できるねん。行こうと思えば、どこにでも好きな場所に行けるがな」

「はあ？」俺は堪えきれずに立ち上がった。「そんなわけないでしょ！　ふざけるのもいい加減にしてください！」

　これ以上、からかわれるのは御免だ。小林やトンボの暇つぶしのために、こんなところに放り込まれたのではない。

　本当に何でも自由にできる刑務所ならば、看守に直訴して舎房を変えてもらおう。

「心外やな。さっきから真面目に話してるやんけ」

「どこが真面目なんですか？　じゃあ、あなたは脱獄したことがあるんですか？　いい加減なこと言わないでくださいよ」

「あるで」

　小林が、俺をじっと見つめる。からかっている雰囲気は微塵もない。

「……嘘だ」

「ほんまや。かれこれ、十回以上は脱獄したで。前回は馬券を換金して、行きつけのスナックで軽く飲んだだけやったけどな。ちなみにトンボは、一昨日、五回目の脱獄から戻ってきたとこや」

「あ、ありえない」

　どこからかわからないが、微かに音楽が聞こえてきた。何の曲かまでは聞き取れないが、メロディからロマンチックなナンバーだということはわかる。

小林が立ち上がり、冷蔵庫を開けてプリンを二つ取り出した。

「それがありえるのが極楽プリズンや」

7

「いやいや、ありえないでしょ」

わたしはカキの種とピーナッツをバリバリ嚙み砕き、二杯目のメーカーズマークを飲み終えた。

荒唐無稽にもほどがある話なのに、不思議と引き込まれてしまう。柴田の話力が高いのか、それともわたしがいい感じに酔っ払っているのか、のどちらかだろう。

さっきまで満席だったバーは、ポツポツと客が帰り出した。箱根の話で盛り上がっていた年の差カップルもいつの間にかいない。

「理々子さん、次も同じお酒を頼みますか」

ひと息ついた柴田が、丸い氷だけになったわたしのロックグラスを指す。

「どうしようかなあ」

もう一杯、酒を注文するということは、柴田の与太話を続けて聞くことになる。どうやら、話はまだ序盤だ。

もし、つまんなくなったら、どのタイミングで止めればいいかしら。

わたしは元夫と離婚するまで、自分を社交的な人間だと信じて疑わなかった。子供の頃から愛想がよく、機転も利き、大人たちに可愛がられた。クラスでは常に中心人物で異性同性にかかわらず、人気があった。生徒会役員や運動会の応援団長など、みんなが敬遠する役割も喜んで引き受けてきた。

高校、大学とそれなりに男にモテた。男に媚を売らなくても、何をどうすれば男のプライドをくすぐり操れるかの技術が身についた。同時に女同士の友情も大切にし、男に振り回されて孤立する女の子を見ては、「どうして上手くできないんだろ？」と小馬鹿にしていた。

スタイリストのアシスタントになり、わたしの世渡りの器用さはバージョンアップした。スタイリストの師匠とクライアントとの間で板挟みになったときも、いとも容易く切り抜けた。笑顔とユーモアを武器に、常に相手の気持ちになって、彼らがわたしに何を求めているのかを考えればいいだけだ。

人間関係でストレス？

わたしの辞書にはない言葉だった。頭の回転が鈍く、あらゆる機微を感じられない人を軽蔑した。

だけど、結婚して人生の歯車が狂った。家庭の中では、わたしの器用さや技術は通用しなかった。赤ん坊の娘は、こっちの都合や理屈など関係なく、泣きわめいてはシンプルに我を貫く。仕事と母親業を兼業できると踏んでいたわたしの自信は脆くも崩れ落ちた。夫に助けを乞えばいいものを、素直に甘えることができなかった。そもそも、甘え方がわからなかった。

疲れているのに、「大丈夫よ」と言った。心が限界で押し潰されそうでも、「全然、大丈夫だよ」と誤魔化した。

夫は、わたしの大丈夫というSOSに気づいてはくれなかった。

わたしは器用でも何でもなかった。決して世渡りが上手かったわけではなかった。大して追い込まれていなかっただけだ。

娘と夫は、家族だ。家族からは逃げられない。二人もわたしからは逃げられない。他人との人間関係とは、根本的な重さが違う。

わたしと夫は世間体のためだけではなく、自分たちの間でも理想の夫婦を演じた。逃げられないとわかっていたはずなのに、向き合おうとはしなかった。

もし、年に一度や二度、大喧嘩をしていたならば……互いを殴ったり傷つけあったり、食器を投げたり壁に穴を開けたりしていれば……。

本物の愛が目の前にあったのに、わたしたちは何を怖れたのか、手を伸ばさなかった。

「もし、理々子さんが俺の話を聞いてる様子が少しでもつまらなそうになったら、すぐに終了して俺は帰ります」

「嫌だ。なんかそれってわたしが非道な女みたいじゃない。お笑い番組の審査員じゃないんだから」

「じゃあ、帰らずに普通の世間話をしましょう」

「うん。それならありかもね」

「ありがとうございます。理々子さんっていい人ですね」

「どうかしら。歳を重ねるほど、自分がどんな人間かわからなくなるわ」

わたしは、メーカーズマークのお代わりを注文した。

柴田は話を続けられることが嬉しそうだった。ニコニコと微笑んでいるわけではないのだが、自分の過去に耳を傾けてもらえる人間と出会えて、感謝しているように見えた。

柴田はギネスビールではなく、ジンリッキーを頼み、わたしと三度目の乾杯をした。

「話を再開する前に、わたしから質問していい？」

「もちろんです。どうぞ」

「明日香ちゃんがいい子なのは伝わってきたけど、何だか……」

「いいですよ。正直に言ってください」

「大事にし過ぎてなかった？　何だか、柴田くんが腫れ物に触るみたいに彼女を扱っている印象を受けたのよね」

「たしかに……そのとおりかもしれません」柴田が眉間に深い皺を作り、苦しげに認めた。

「ある日、バイト中の俺に病院から電話がありました。明日香が自殺未遂をしたんです」

「そうなんだ……」

　明日香が殺される前の話らしい。会話の中だけでもメンヘラの気はあると思っていたが、まさかそこまで重症とは思わなかった。

「深夜、救急病院に駆けつけると、病室で左の手首に包帯を巻いた明日香が待っていました。彼女があまりに脆く壊れそうに見えて……ゾッとしました」

「明日香ちゃんは何て言ったの？」

「か細い声で、『柴田くん、お見舞いに来てくれたんだ』って……俺は『当たり前だろ』としか返せませんでした。心配かけてごめんねと何度も謝られました」

　見てもいないのに、暗い病室の様子が目に浮かぶ。人のいい柴田は、怒りと悲しみを堪えてずっと黙っていたのだろう。

「彼女に幻滅した？」

「いいえ」

「嫌いになった？」

「いいえ」

　柴田が即答する。

「明日香の手を握り、『明日香がこの先何をしようとも、俺は絶対に嫌いにならない』と宣言しました」

「柴田君は、優し過ぎるね」

「明日香にもそう言われました」

「その日は病室に泊まってあげたの？」

「いや……明日香に『今日は帰って』と言われました」

「本当に帰ったんじゃないでしょうね」

「朝まで側にいると粘ったんですが、明日香に強く拒否されて、ナースコールまで押されて追い出されました」

「だとしても、帰るべきじゃなかったわね」

　わたしは、カウンターの間接照明の下で、ロックグラスに浮かぶ丸い氷を眺めた。久しぶりにベロベロに正体を失くすまで飲んでみたくなってきた。

「それ以来、明日香は、お酒に酔った勢いで何度か手首を切りました。俺は、どうしていいかわかりませんでした。彼女が何に苦しんでいるのか理解しようとしたけれど、できなかった。いつの日か、彼女を永遠に失うんじゃないのか。その恐怖に怯えながら暮らしていました。でもまさか、本当にそんな日が来るなんて……」

柴田はジンリッキーのグラスを握って堪えていた。

泣けばいいのに……。

それとも、涙を見せることよりも、わたしに自分の過去を聞いてもらうことのほうが楽になれるのだろうか。

「無責任な言い方をするけどいい？」

「お願いします」

「明日香ちゃんはきっと寂しかったんじゃないかな。柴田君がずっと横にいてくれても、ね」

「そうだったと思います」

柴田が悔しそうに唇を嚙む。

「明日香ちゃんが欲しかったのは、慰めや優しさじゃなかったのかもね」

「はい……あとから痛感しました。何度もやり直したんですけどね、明日香を助けようとして……」

「何のこと？」

発言が支離滅裂になってきたが、柴田はそこまで酷く酔ってはいない。

「話を続けてもいいですか」

「うん。でも、落ち着いてね」

わたしは、メーカーズマークを多めに口に含んだ。まずは自分自身を落ち着けたかったのだ。

これから先、柴田の口から語られる回想を待ち望んでいる自分がいる。

柴田は、わたしと呼吸を合わせるようにジンリッキーを飲み、語り始めた。

「刑務所に入って三日後。俺は脱獄を決意しました」

8

「いよいよ、今日だよな？」

「どのルートで行くんや」

俺の脱獄なのに、トンボと小林は当人よりも興奮している。対照的に俺はどこか醒めていた。

「マンホールから地下に潜り、水道管を通って行こうかと思ってます」

二人が同時に眉を顰める。

「わざわざそんな遠回りをするんか？　面倒臭いやろ？　せっかくの一張羅が台無しになってもええんか？」

「嫌ですけど……それが看守たちに一番見つかりにくいルートだと思いまして」

「刑務所の正面口から堂々と出て行けばいいじゃねえか」

トンボが俺の背中を叩く。

「胸張っていかんかい」

阿吽の呼吸で、小林が丸めたパチンコ雑誌で俺の胸をポンと叩いた。キャラどおりではあるが、どれだけギャンブルが好きなのだろう。小林は四六時中、ギャンブル関連の雑誌か新聞を手に持っている。

「いくらなんでも、正面口はバレバレじゃないですか。バレたら撃たれますよ」

刑務所に入所した初日、銃やショットガンを携行して警備する屈強な看守たちを目撃した。

「ないない」トンボが笑いながら顔の前で手を振る。

「でも、外にいる看守たちは全員、武器を持ってるじゃないですか？」

「大丈夫、弾が入ってへん」小林がニヤけながら言った。

「はあ？」

「あいつらが持ってんのは、玩具(おもちゃ)や」

「も、もし、本物だったらどうするんですか」

極楽のような刑務所で、蜂の巣になったら洒落にならない。

「安心せい。ワイらもいつも正面口から出て行ってんねんから」

「今夜に限って本物かもしれないじゃないですか！」

「おおげさだなあ。おめえ、チンコついてんのかよ」トンボがわざとらしく溜め息を漏らす。

「いやいやいやいや、ショットガンとか持ってましたよ！」

「ビビり過ぎだって」

「誰だってビビりますよ！」

怒鳴る俺の顔の前に、小林が菓子の小さな包みを出した。

「ほら、ハイチュウ食べて気合入れて行けや」

「お菓子で気合入りますか？」

「男がゴチャゴチャ言うたらあかん。水道管なんか通って服が汚れたら、大切な人に会うときに恰好つかへんやろうが」

「大切な人はもういませんよ」

いくら美味い料理や酒を飲もうとも、明日香のことは忘れられない。今はただ、この生温い刑務所にいたくなかった。

「大切な人は必ず、現れる。その子を助けるんや」

小林が力強い声で断言した。

「助ける？」

「いいから、ハイチュウを食えって！」

「は、はい」

トンボの勢いに負けて、俺はハイチュウを食べた。甘酸っぱいイチゴの味が口いっぱいに広がる。

「よっしゃ！　行ってこい！」

小林の張り手が、俺の背中をバチンと押した。

どうして、俺は走っているのだろうか。自分でも理解できずにいた。たとえ、脱獄が成功したところで、俺を待っている人はいない。もう、明日香とは二度と会うことができないのだ。

小林たちの言うとおりだった。刑務所の看守たちは、脱走する俺をただ眺めているだけだ。中には、ショットガンを持ったままニヤニヤと笑う奴までいる。ムカついた。コケにされている気分になった。絶対にここには戻ってこない。どんなにここが極楽のような場所であろうと、こんな所にいたら魂が腐る。

拍子抜けするほどあっけなく、脱獄は成功した。いつの間にか、夜が明けていた。俺は、あてもなく、トボトボと歩いた。どこに行けばいい？　小林は、俺に「どこにでも好きな場所に行け」と言っていた。好きな場所？　俺の好きな場所？

明日香と過ごした部屋。喧嘩した部屋。慰め合った部屋。バカな話をして笑い転げた部屋。愛し合った部屋。

俺は高速船に乗って石垣島の港に着き、空港から飛行機で東京まで戻った。刑務所から警察に連絡が入っているはずなのに、誰も俺を捕まえようとはしなかった。

気がつくと、俺は住んでいたマンションの前に立っていた。といって、明日香のいない部屋で再び暮らしたいわけじゃない。暮らせるわけがない。

写真だけでも取りに帰ろう。写真と、彼女が描いたイラストが欲しい。それを持って、どこか遠い街に住もう。マンションの鍵はポケットにあった。刑務所に入ったとき、所持品は何も没収されなかったのだ。財布の中の現金もカードもそのままだった。

俺はポケットから鍵を出し、懐かしい香りがする部屋に入った。

「おかえり！　朝ごはんできてるよ。今日はバイト終わるのが早かったんだね」

えっ……何だ、これ。

ドアを開けた俺の前に、死んだはずの明日香が立っていた。いつもの小豆色のジャージにエプロンをして微笑んでいる。

「あ、あ、あ……」

ショックのあまり、頭の中が真っ白になった。

「柴田くん、どうしたの？」

「あ……あ……明日香」

「明日香だよ」

「い、生きてる……」

「生きてるけど？」

明日香は、俺が冗談を言っていると思い、笑っている。

俺はそんな明日香を見て、腰を抜かした。

「あれ？　柴田くん！」

明日香が驚いて駆け寄り、俺の後頭部を支えた。

「明日香だ……」

目の前に明日香の顔がある。目も鼻も口も髪も肌も匂いもすべてが明日香だった。

「だから、明日香だってば」

「明日香！」

俺は明日香を強く抱き締めた。夢でもいい。この腕の中で、明日香を感じていたい。

「柴田くん、酔ってるの？　もしかしてわたしの鬼ごろし、勝手に飲んだ？」

明日香が、ドン引きして俺の目を覗く。

「違うよ！　奇跡が起きたんだよ！」

「奇跡？」

「好きな場所に戻れたんだ」

「えっ？　毎日、戻ってきてるじゃん」

「時間が戻ったんだよ！」

「はあ？　やっぱり酔ってる！」

俺のうしろで、勢いよくドアが開いた。この時間の来訪者は振り返らなくてもわかる。リクオだ。

「やっと仕事が終わったあ。ちょっと寝かせてもらうよ。って、おいおい、朝から抱き合ってんのかよ、随分ラブラブじゃね？」

「柴田くんの様子がおかしいの。バイトから帰ってきていきなり、わたしを見て倒れて、時間が戻ったとか言ってんの」

「新しい愛情表現じゃね？」

「リクオ！　真剣に聞いてよ！」

「柴田、どうした？　ベロベロに酔ってんのか」リクオが明日香の背後から眠そうな顔で、尻もちをついている俺を覗き込む。「明日香ちゃんとイチャイチャしたいなら、オレのいないときにしてくれよな」

「これは鬼ごろしじゃないわね。もっと強烈な物を飲んだな？」明日香が心配そうに両手で俺の頬を撫でる。「テキーラ？　柴田くん、そんなにお酒強くないんだから無茶しちゃダメじゃん」

「俺はさっきまで刑務所にいたんだ」

自分自身でも信じられない出来事に直面しているが、イチから説明するしかない。今、俺の頬にある明日香の手の感触は紛れもない本物なのだ。

「……刑務所って、何？」

明日香が困惑した顔で、俺から手を離した。

「おい、柴田。ギャグにしては、全然、面白くねえぞ」

リクオも笑っていいのかわからない、といった表情だ。

「マジなんだって」

「どうしてって刑務所なんかにいたんだよ」

「どうしてって……明日香を殺した罪で……」

それしか言いようがない。明日香はこの部屋のキッチンで殺され、俺はわけのわからない刑務所に放り込まれた。囚人の小林にそそのかされて脱獄し、明日香に会いたいと願ったら時間が戻り、会えたのだ。

脚本にすれば、こんなナンセンスな物語はない。だけど、明日香は生き返った。

「ひどい……わたしに死んで欲しいの？」

「悪酔いし過ぎだぞ、柴田」

明日香とリクオが完全にドン引きする。

「酒は一滴も飲んでない」俺は無駄だとわかりつつ弁明した。「俺は殺していない。他の誰かが明日香を殺したんだよ」

「冷たいシャワーでも浴びて目を覚ませよ」

「わたし……寝る」

二人が背中を向けた。

諦めるな。もし、時間が戻ったのが事実なら、この部屋にいてはいけない。

「明日香！　俺の話を最後まで聞いてくれ！」

「わけわかんない！」

明日香が髪を乱して振り返り、ヒステリックに叫んだ。

「俺もだよ！」

「本当はどこにいたの？」

「だから、極楽みたいな刑務所で……うまく説明できないんだよ」

「柴田くん、浮気でもしてるの？」泣きそうな目で、明日香が俺を見る。「好きな人ができたけど、優しくてフったりできないから変な嘘をついて、自ら嫌われようとしてるんだ！」

「どこから浮気が出てくるんだよ」

マズい。明日香に暴走のスイッチが入った。このままではメンタルがぶっ壊れてまた自分を傷つけるかもしれない。

「明日香ちゃん。飲むなら付き合うけど、コーヒーにしようぜ」

ズカズカとキッチンに向かう明日香を、リクオが追いかける。

「鬼ごろしをガブ飲みするの！」

明日香に酔っ払われたら、さらに説得が難しくなる。

時間が戻って明日香が蘇った。しかし、明日香の髪型やリクオの服装でわかる。

今日は、明日香が殺された日だ。脱獄した俺は、あの日の朝に帰ってきたのだ。

あの日、俺は明日香に朝ご飯の買い物を頼まれて出かけた。マンションの前でリクオと会って、そのまま一緒にコンビニへ行った。リクオが運悪くコンビニでダーツバーの店長に遭遇し、「吉牛、付き合え」と連れていかれ、俺は一人で部屋に戻って、殺された明日香を目撃した。

つまり、あと何分後かわからないが、明日香を殺した真犯人がこの部屋にやってくる。正体を見極めたい気持ちはあるが、いくら俺とリクオがいても、刃物を持った相手には敵わない。

まずは、全員の安全を優先する。当然、警察に通報したところで信じてもらえないだろうから、手段は一つ。逃げるしかない。

「別れるわけないだろ」

俺はリクオを追い越し、明日香の腕を摑んだ。

「じゃあ、何よ！　刑務所って！」

……ダメだ。まともに説得すればするほど明日香は興奮状態に陥る。

「もういいっ。飲む」

明日香が冷蔵庫を開けて、紙パックの鬼ごろしを手に取った。

俺は脚本家を目指してたんだろ？　愛する恋人を助けるために嘘をつけよ。色んなストーリーの勉強をしてきたのは、この日のためだったんだ。

「アイデアだよ」

俺は、明日香の目をしっかりと見て言った。演技は得意ではないが、そんなこと言ってる場合ではない。

「えっ？」

「漫画のアイデアだ」

「漫画って何よ？」

「だって、明日香は漫画家になりたいんだろ？」

「私はイラストレーターだってば」明日香があからさまにムッとする。

「前は漫画家志望だったよな？」

「……まあね。ストーリーを作る才能がなくて諦めたけど」

「そのストーリーを俺が考えたんだ」

「急に？」

明日香が眉を上げた。少しだけ、彼女の中から負の感情が減ったのがわかる。もうひと息だ。

「うん。急に思いついた。だから、今日は早めに帰ってきたんだ」

「柴田くんと付き合って七年になるけど、漫画の原作やりたいなんて聞いたことないよ。映画が一番好きなんでしょ」

「そうだよ。でも、このアイデアは実写よりも漫画に向いている」

「突然、閃いたの？」

「天から降ってきた」

「明日香ちゃん、一応、そのストーリー、聞いてみれば？」

リクオは、まだ納得いってない顔だ。まだ俺が酔っているると思っているのだろう。

「聞くのはいいけど……。さっき、わたしが殺されたとか言ってなかった？」

「殺されたけど生き返るんだ」

口から出まかせになってもいい。とにかく、脳みそを高速で回転させろ。

「ゾンビ物ってことかよ」リクオがケタケタと笑う。

「ゾンビ？　わたしの絵のタッチで？」

「少女漫画だけどゾンビって新しいんじゃないかな？」俺は矢継ぎ早に頭に浮かんだ言葉を

並べた。「ヒロインがゾンビで、殺されてもしぶとく蘇(よみがえ)って恋をするんだ」

「斬新過ぎじゃない？」

「それぐらいしなきゃ、ダメだ。『花より男子』に勝つためには」

「花男(はなだん)?! それって伝説の作品じゃん！」

「そうだ。『NANA』にも勝とう！」

少女漫画には詳しくないから、それぐらいしか知らなかった。

「わたしに、イラストレーターを辞めろってこと？」

「とりあえず、この部屋を出よう」俺は明日香を強引に連れ出そうとした。「詳しい話はファミレスでするからさ」

「行かないよ。明日が締め切りのイラストがあるんだから。アイデアの話は今度、ゆっくり聞くね」

明日香が俺の手を振り払い、鬼ごろしを冷蔵庫に戻した。なんとか酒は回避したが、それだけではダメだ。

「部屋から出なくちゃ！ 殺されるんだ！」

「ゾンビはもういいって」

俺が必死になればなるほど、明日香は相手にしてくれない。

嘘だけでは限界だ。真実の言葉で、明日香を動かすしかない。

「結婚しよう」俺は心を込めて言った。

「柴田くん……？」

「明日香、俺と結婚してくれ」

「急に？」

明日香がこれ以上ないほど目を見開く。

その隣で、リクオがあんぐりと口を開けている。

「うん。急に思いついた」

「閃いたの？」

「天から降ってきた」

「わたしでいいの？」

明日香の中から徐々に嬉しさが込み上げてきたのが伝わる。

俺も嬉しかった。明日香が殺されたせいでできなかったプロポーズの言葉を、時間が戻ったおかげで言えた。

「明日香じゃなきゃダメなんだ。一生、俺が守るから、今すぐ婚姻届を出しに行こう」

「はい……」

明日香が涙ぐみ、深く頷いた。

「ほら！　じゃあ着替えろよ。そんな恰好のままで役所に行っちゃダメだ！　今日はスペシャルハッピーデーなんだぞ！」

リクオが一番テンションを上げ、ピョンピョンと跳ねている。俺たちの結婚を誰よりも望んでいたのは間違いなくこいつだ。

「メイクしてくる！」

「オレ、タクシーを停めてくる！」

明日香が小走りで寝室へと消え、リクオが外へと飛び出した。

「二人とも急いでくれ！」

一人でキッチンに取り残された俺は、ドッと押し寄せた疲労に耐えきれず、冷蔵庫にもたれかかった。

大切な人は必ず、現れる。その子を助けるんや。

刑務所で小林に言われた言葉が、何度も脳内でリフレインした。

その日、明日香が殺されることはなかった。俺たちは役所に行き、婚姻届を出し、夫婦となった。それでも、当然、安心はできない。お金がないと渋る明日香を何とか説得し、すぐに引っ越した。明日香が誰に殺されたのかはわからないが、絶対に俺が守ってみせる。

結婚したことにより、俺たちの生活はガラリと変わった。明日香は本当にイラストレーターを辞めて、漫画家を目指した。

運が良かったのか、もしくはゾンビという題材が珍しかったのか、応募した賞で佳作を獲った。すぐに編集者がついた。クリスマスの表参道で会ったキツネ目の男、西田だった。彼は優秀だった。あれよあれよと言う間に、明日香のデビュー作《ゾンビでごめんね》は読み切りとして掲載され、好評を博した。たちまち編集長の信頼を得て週刊連載が始まり、読者アンケートでは上位を獲得し、話題になり、『このマンガがすごい！』で一位になり、アニメ化され、売れっ子の女優主演でドラマになり、才能ある監督によって映画化され大ヒットし、韓国でリメイクされ、ハリウッドでリメイクされ、キャラクターグッズは売れ、単行本は累計五千万部を突破して、俺たち夫婦はリッチになった。

だけど……幸せと呼ぶにはほど遠い生活を送っていた。

9

「脱獄……成功したんだ」

わたしは半ばあっけに取られて言った。

ロックグラスの氷が溶けて、カランと乾いた音を立てた。店のＢＧＭがループしているのか、また『チーク・トゥ・チーク』が流れている。

「はい。あっさりと」

柴田が軽く肩をすくめて答える。しかし、ふざけている様子はなく、表情は硬い。

「タイムスリップもあっさりとやっちゃったのね」

「信じてもらえたらの話ですけど」

「正直に言うわ」わたしは慎重に言葉を続けた。「まず、柴田君の話をいきなり信じろっていうのに無理があるってことくらいはわかるでしょ。そりゃ、科学が発達してタイムスリップできる日が来るのは大歓迎だし、『バック・トゥ・ザ・フューチャー』は大好きな映画だけど」

「俺が異常者に見えますか」

「そこまでは思わない。ヤバい薬をやっちゃってるようにも見えないし。人に嘘をついて信じさせるのがたまらなく好きっていう悪趣味な人かもしれないけどね。もしくは……この世で一番大切な〝彼女〟を亡くしてしまったことが、現実と妄想の区別がつかなくなるくらい深い傷になってしまったのか」

わたしはまだ酔っていない。意識はしっかりとしている。

カウンターの椅子の上で体を捻り、真っ直ぐに柴田を見た。彼も真剣な視線を返してくる。

「じゃあ、妄想話として、話の続きを聞いていただけますか」

「いいわよ。他人の妄想にしては面白いから。さすが、脚本家志望だけあるわね」

実のところ、半分信じて、半分疑っていた。彼女が死んでしまったことは真実だと、わたしの本能が確信していた。話を聞いてあげることで、少しでも柴田の心の傷が癒されるのならば、人助けだと思って耳を傾けてやろう。

「同情ならやめてください」

「別に同情なんてしてないわよ。どうせ始発まで時間もあるし」

嘘をついた。わたしは、偶然に隣に座ったこの男を可哀想だと思っている。大切な人を失った事実を認められず、悲しみと向き合うことができないでいるこの男を放っておけなくなっている。

「同情されるくらいなら、暇つぶしで聞いてもらえるほうがマシです」

「わかったわ。約束する。今後、柴田君の話がどんな展開になっても、絶対に憐れんだり蔑んだりしない」

「ありがとうございます」

「で、続きは？　売れっ子の漫画家になった明日香ちゃんとはどうなったの？」

そこまで漫画には詳しくはないが、《ゾンビでごめんね》という作品は聞いたことがない。ハリウッドでリメイクされたくらいなら、いくらなんでも知っているはずだが。

「その前に、理々子さんの話を聞きたいです」

「わたしの？　わたしの人生なんて、どこにでも転がっているような平凡なものだけどいいの」

「俺が一方的に喋るのが不公平な気がして」

「本当に大したことないんだってば」

わたしは顔の前で手を振り、照れ隠しでメーカーズマークを呷った。

「少しだけでいいんでお願いします。それで、俺も話し易くなります」

「まいったなあ。何か質問してよ。自分だとどこから話せばいいかわかんないし」

「そうですね」顔を逸らしたわたしの横顔を、柴田がじっと見つめる。「理々子さんの好きな人の話が聞きたいです」

「好きな人はいないわ。残念ながらね。さっきも言ったけど、離婚してから、無意識に恋から距離を取ってるかも。恋愛ドラマもすぐにチャンネル変えちゃうし」

「昔、好きだった人は？」

「そりゃ……いたけど」

　コウちゃんの顔がフラッシュバックする。

　酸っぱいものが苦手で、わたしが漬けたピクルスを無理して食べたときの顔。プロポーズが失敗したと思って泣きそうになった顔。セックスのあと毛布にくるまって目を閉じて欠伸(あくび)をしている顔。

　自分でもビックリするほど、コウちゃんの色んな顔が記憶にこびりついている。

「別れた旦那さんですね」

　柴田が断定するかのように言った。

「そうね。一度は結婚した相手だし」

「愛していましたか」

「直球でくるねえ」

　わたしは、照れ臭さを通り越して噴き出しそうになった。

「すいません。訊き直します。今でも愛していますか」

「愛してたら離婚なんてしないって言いたいけど、恥ずかしい話、この歳になって愛がどういうものなのかよくわからなくなってきたのよね」

「もっとシンプルに考えればいいんじゃないですか」柴田がまた言い切った。「考えるというより、本能で感じるべきだと思います」

他人から説教されるのは蕁麻疹が出るほど嫌いだが、不思議とこの男には腹が立たなかった。

コウちゃんは、今でもわたしを愛しているのだろうか。それとも、わたしみたいに、自分で説明ができない感情なのだろうか。

「たぶん、まだ愛しているわ」

「たぶん？」

「あの人には裏切られたけど、八つ裂きにしたいとかは思わない」

「浮気されたんですか？」

「うん。ムカついたし、ボコボコに殴った。でもね、心のどこかで『助かった』と思ったの」

「どういう意味ですか？」

「うーん。うまく言葉にできないなあ」

軽く息を吐き、店内を見渡した。奥の壁に絵が掛かっている。抽象的な絵なのではっきりとはわからないが、二人の男女が抱き合っているみたいに見えた。

「浮気した旦那さんを許せたんですか」

「許すとかいうのとはまた違うんだ」わたしは自分に言い聞かせるみたいに言った。「お互い、一緒にいることが最高の幸せではないってことに気づいていたんだと思う。少なくともわたしはそう感じていたの。この言い方があっているか自信ないけど、わたしたちの結婚生活は〝濃く〟なかった。薄っすらとした幸せが一生続くと思ったら……」

再び、コウちゃんの顔が浮かび、言葉が出てこなくなった。

秋の夕暮れ時、ドライブで訪れた江の島の海岸沿いをコウちゃんと手を繋いで歩いた。まだ新婚で、わたしのお腹には娘がいて、コウちゃんは父親としての責任感に目覚め始めたばかりだった。そのときわたしは、沖で海風に揺れるヨットを眺めながら、ふと得体の知れない恐怖を覚えたのだ。将来の不安といった類ではなく、もっと原始的なものだった。

血の繋がっていない男と夫婦になり、子を産んだあとでも、わたしはわたしのままでいられるのだろうか、と。実際は、娘が誕生してからは育児と仕事の両立に追われて、そんな恐怖のことなどすっかり忘れていたが。

「怖かったんですね」

柴田が、嚙みしめるように言った。

見透かされた？　それとも無意識のうちに、怯えた顔でもしていただろうか。

「まあ……どうだったかな。男と女は難しいよ」

わたしは肯定も否定もせず、ロックグラスの氷を指で回した。

「別れた旦那さんとまた会えますか」

「会う必要があるのならね」

「ありがとうございます。理々子さんの話が聞けて嬉しいです」

柴田が律儀に頭を下げた。

「こんな曖昧な話でいいの？」

「はい。充分です」

柴田が満足気に頷く。どこか表情が晴れやかにさえ見えるのは気のせいだろうか。

「じゃあ、今度は柴田君の番ね。時間が戻って、明日香ちゃんは生き返っていて、今度こそ結婚したのに、幸せになれなかったの？」

一転して顔を曇らせた柴田が、悲しげに呟いた。

「売れっ子の漫画家になった明日香は変わってしまったんです」

10

インターホンが鳴った。

リビングのソファでうたた寝をしていた俺は目を覚まし、《フランクミュラー　カサブランカ》で時間を確認した。

午前五時。この腕時計は、今年の誕生日に明日香が買ってくれたものだ。

明日香の描いた漫画《ゾンビでごめんね》の大ヒットにより、俺たち夫婦は富裕層の仲間入りをした。下北沢の築三十年のマンションから、代官山のタワーマンションに引っ越した。広さは約三倍、家賃は五倍になった。前の部屋がすっぽりと収まる広さのリビングのインテリアは、明日香が買い漁ったイタリアの有名ブランドの家具で統一されている。

「ただいまあぁ」

泥酔した明日香が、編集者の西田に肩を抱えられて帰宅した。シャネルの黒いワンピースがだらしなくはだけ、太腿（ふともも）が剝き出しになっている。

俺は立ち上がり、明日香の手を取ってソファに座らせた。西田が持っていた《ルイ・ヴィトン》のハンドバッグを受け取る。

「では、先生、僕はこれで」

西田はバツが悪そうに頭を下げ、逃げるようにしてリビングから出て行こうとした。

「え～まだ帰んないでよ。座って、座って」

明日香が腕を伸ばし、強引に西田を自分の隣に座らせる。売れっ子漫画家に逆らうわけにもいかず、西田は俺にもう一度頭を下げて、ソファに腰を下ろした。

「ずいぶんと遅かったじゃないか」

俺はなるべく平静を装って言った。腹の中では、毎晩〝午前様〟の明日香に、我慢の限界が来ていた。

「遅くなるってメールしたじゃない」明日香がわざとらしく大きな溜め息をつく。「先に寝ていてくれればよかったのに。ねえ、西田もそう思わない？」

「……そうですね」

同意を求められた西田が困った顔で頷く。

「こんな時間までどこにいたんだ？」

俺は静かな声で明日香に訊いた。西田が帰ってから問い詰めたかったが、明日香は今にも寝てしまいそうだ。

「打ち合わせに決まってるでしょ」明日香がぶっきらぼうに答えた。

「こんな夜中にやる必要ないだろ」

「しょうがないでしょ。わたしは夜型なの」

「朝起きて、健康的に仕事をしろよ」

「無理よ。作品がゾンビものなんだから夜に描いたほうが、気分が乗るの」

「アシスタントさんも昼のほうがいいだろう」

「関係ないわ。アシスタントにはお給料をちゃんと払ってるんだから、働いてもらう時間はこっちが指定するわ」

「じゃあ、ゾンビものじゃなきゃ昼に仕事できるのか」

冷静に話すつもりだったのに、売り言葉に買い言葉で徐々に語気が荒くなってきた。

今夜までは明日香の好き勝手を黙認してきた。売れっ子で多忙の漫画家としてのモチベーションを下げたくなかったし、俺は彼女を支えるためとはいえ主夫をしている引け目があった。

「あのさ」明日香がさらに溜め息をつく。「ゾンビを描けって言ったのはあなたでしょ？　わかったわよ。もう描かない。連載打ち切る」

「それは困ります。私の首が吹っ飛びます」

西田が飛び上がるようにして、ソファから立ち上がった。

「いいじゃない。わたしが養ってあげるわよ」

明日香が妙に艶(なま)めかしい目で西田を見る。冗談とはいえ、夫の前で見せる顔ではないだろう。

俺と明日香は、完全なセックスレスだ。そもそも生活のサイクルが合わない。「家だとよく眠れない」と言って、都内の高級ホテルに明日香一人で泊まることもしばしばだった。もう、ずいぶん明日香と同じベッドで寝ていない。

当然、子供もいなかった。俺は欲しかったが、忙しい明日香に言えるわけがなかった。

「お願いします、描いてください」西田が必死の形相で明日香に土下座する。「ウチの会社は、先生の作品で持ってるんです。何でもしますから描いてください」

「ホントに何でもしてくれるの？」

「は、はい」

「じゃあ、チューして」

「いや、それは」

「チューしてくれなきゃ描かない」

ふざけんなよ……。

俺は明日香のブリッ子口調に腸が煮えくり返る。こめかみの血管がブチ切れそうだ。漫画家のご機嫌を取るのは、確かに編集者の仕事のうちかもしれないが、俺は、このキツネ目の西田が夢に出るぐらい、イラついていた。

「あの……」西田がおずおずと訊いた。「チューしてよろしいですか」

「いいわけないだろ！　お前ら、どういう関係なんだよ！」

堪忍袋の緒が切れ、俺は怒鳴ってしまった。

初めて西田に会ったのはクリスマスの表参道だった。あのときは〝ただのイラストレーター〟だった明日香に対して横柄な態度を取り、隣にいた手嶋先生にはペコペコしていたくせに、明日香が売れっ子になった途端、手の平を返したのだ。

「ただの仕事相手に決まってるじゃん。何、マジになってんの」

明日香が鼻で笑い、冷めた目で俺を睨む。

西田の前で取り乱した俺は、恥ずかしさで耳まで熱くなったが引くわけにはいかない。

「仕事に行く服装には見えないけどな」

「レストランで食事しながらの打ち合わせだったの。ファミレスじゃないことぐらいはわかるよね」

「どこのレストランだよ」

「西麻布にある朝までやってるイタリアンよ。二軒目は恵比寿のワインバー」明日香が、呆れ顔で深い溜め息をつく。「疑うなら、店に電話して確認すれば？」

「疑ってはいない」

「嘘ばっかり。どうせ、わたしたちが浮気してると思ってるんでしょ」

「思ってない」

「思ってるんでしょ？」

「違うって言ってんだろ！」

「わたしと喧嘩をするためにわざわざ起きてたの？」明日香がさっきより大きな溜め息をつく。「お願いだから、わたしのモチベーションを下げないでくれる？　漫画が描けなくなったら、あなたも困るくせに」

「困らないよ」

「お金はどうするの？」

「貯金があるだろ」

「わたしの稼いだお金がね」

明日香の言葉が硬いハンマーとなって、俺のプライドを粉々に打ち砕いた。

刑務所を脱獄し、殺されたはずの明日香が蘇り、俺は神に感謝した。明日香が漫画家として大成功を収めたのも最初は素直に嬉しかった。

初めて明日香の単行本が出版された日、俺は明日香と一緒に朝イチで本屋に買いに行った。平積みされた自分の本を見て明日香は泣き、そんな彼女を見て俺は涙ぐんだ。

「あのさ」明日香が、小馬鹿にした口調で訊く。「どうして、毎日わざとらしく、朝から出かけていくわけ？」

「仕事を探してるからだよ」

「働く必要ないじゃないですか。羨ましいですよ」

土下座をしていた西田が顔を上げて媚びへつらう。

「そうよ。お金はタンマリあるんだから」

明日香が腕を組み、勝ち誇った目で俺を見下ろす。

「お前の金なんだろ」

俺は怒りを堪え切れず、後先考えずに返した。

「今、お前って言った？」明日香の顔色がガラリと変わった。「ねえ？　わたしのことお前って言ったの？」

いつもならすぐに謝る。しかし、俺はふてくされた態度で沈黙を貫いた。

離婚。

この数ヶ月間、ずっと俺の頭の中にあった二文字だ。売れっ子の漫画家になった明日香と俺の生活はとっくに破綻しており、修復は不可能のところまで来ていた。

何のために俺は脱獄をしたんだ？　明日香が生き返っても二人が幸せになれなければ意味がないじゃないか。

「いったい、何様のつもり？　ねえ？」ブチギレた明日香が俺の胸を小突く。「誰のおかげで、このバカ高い家賃の家に住めてると思ってるの？」

「先生。もう遅いですし、寝ましょうか」

西田が夫婦喧嘩を止めに入る。明日香が西田の手を振り払い、大きな溜め息をつく。

その溜め息で、俺は離婚を決意した。

「いい加減にしろよ！　さっきから溜め息ばかりつきやがって！　そんなに俺といることが苦痛なのか！」

明日香が俺の怒鳴り声を無視し、西田を連れて部屋を出て行こうとする。

「どこに行くんだよ！」

「どこだっていいでしょ！」

「俺が出て行くよ！　ここはお前の金で家賃を払ってるんだからな！」

「また、お前って言ったわね……」

明日香が真っ赤な目で声を震わせたそのとき、リビングのドアが勝手に開いた。

「お邪魔するわよ」

明日香の同級生。漫画家の手嶋が立っていた。相変わらずベレー帽を被り、アルパカそっくりの顔をしているが、初めてクリスマスの表参道で会ったときの勝ち組のオーラはなく、目の下に隈を作り、どうしようもない悲愴感を漂わせている。

「あら、手嶋ちゃんじゃない。人の部屋に勝手に入ってきて何の用？」

明日香が動揺しつつも手嶋に迫る。今や威圧感では明日香のほうが上だ。

「マンションの住人が帰ってきてくれたから、オートロックは突破できたわ。玄関のドアには鍵がかかってなかったし」

「手嶋ちゃん、泥棒みたいね」

「すっとぼけたこと言ってんじゃないわよ」手嶋も負けじとやり返す。「泥棒はどっちよ！」

「何のことかしら？」

「私の男を奪ったくせに！」手嶋が、震える手で西田を指す。

「へ？」俺は思わず間抜けな声を出した。

「そ、それは、ご、誤解です。ぼ、僕は仕事を、ま、ま、全うしただけです」

西田が慌てて弁明するが、パニックで呂律が回っていない。

「こんな女のどこがいいのよ？」手嶋が今度は西田に詰め寄り、摑みかかる。「私、連載止めるから。アンタのとこの出版社では二度と描かない」

我を失った西田が、手嶋の頬を平手で強く張った。華奢な手嶋が、ソファまで吹っ飛ぶ。

「手嶋先生。この世界は、部数が物を言うんですよ。それに、先生は週刊連載を休んでばかりじゃないですか」

酷い修羅場が、俺の家で繰り広げられている。

怒りを通り越して、馬鹿馬鹿しくなってきた。目の前で立て続けに起こるシュールな出来事に、嘲笑すら浮かんでくる。

下北沢のボロマンションが懐かしい。あの部屋では、明日香といっぱい喧嘩したけれど、いっぱい愛し合った。

「あんたたちのせいよ」手嶋の唇が切れ、フローリングの床に血が垂れる。「あんたたち二人がイチャついてるから集中できないのよ」

「やっぱり、その男と浮気していたのか」

俺は静かな声で明日香に訊いた。わかっていたことだ。怒りも悲しみもない。

「してないわよ。証拠でもあんの？」

明日香があからさまに舌打ちをする。

「あります。今夜、ずっと尾行してたから」

手嶋が、バネ仕掛けの人形みたいに立ち上がり、自分のスマホを俺に渡した。

明日香と西田がホテルのエレベーターに腕を組んで入ろうとしている画像だった。たぶん、六本木ヒルズのグランドハイアットだ。アートなオブジェに見覚えがある。

「まだあるんで、見てください」手嶋が俺を急かす。

言われるがまま、スマホの画面をスライドした。

路上でのキス。バーのカウンターで西田の肩に頭を乗せる明日香。西田の運転する車がラブホテルのパーキングから出て来る決定的なシーン。助手席には、当然のように明日香が座っている。

「ずっと二人を張り込んでたから漫画が描けなかったの」手嶋がヤケクソな笑みで明日香と西田を指す。「でもいいの。あんたたちが破滅してくれたらね」

「あらら。バレちゃった」明日香が、恥も外聞もなく開き直る。「手嶋ちゃん、漫画家よりもストーカーの才能があるんじゃない？」

「やっぱり……していたのか」

「そうよ！　浮気してるわよ！」明日香が絶叫した。

ここには、俺が愛した明日香はいない。目の前にいる女は醜く顔を歪め、口の端から細い泡を噴いている。

俺は、憐れむ目で明日香を見ることしかできなかった。

「わたしを殺したい？　ねえ、殺したいんでしょ？」

明日香が俺の手首を摑んで、自分の首を絞めさせようとした。無論、俺は力を込めない。愛する人を殺すために、脱獄したわけではないのだ。

「こ、今夜は、失礼します」

西田が逃げるようにして帰った。

「私も帰るわ。どうぞ、ごゆっくり。夫婦水入らずで仲よくしてね」

手嶋も皮肉たっぷりの捨て台詞（ぜりふ）を吐き、部屋を出て行く。

冷たいリビングに、俺と明日香が残された。明日香は顔を真っ赤に染め、額に太い血管を浮かべて興奮している。

「殺してよ！　殺せばいいじゃない！」

手嶋に倣（なら）って皮肉を言おうとした。でも、できなかった。

「俺は、君のことを守り続ける」

俺の口から出た言葉は、脱獄した日、蘇った明日香を抱きしめたときの気持ちそのままだった。

「守れてないじゃん」

明日香は一筋の涙を零し、俺の手を離した。

11

「それで、どうなったんや？」

俺のベッドに腰掛けている小林が、プリンを食べながら訊いた。プラスチックのスプーンでプリンを丁寧に掬い、愛おしそうに口に運ぶ。

「明日香を追いかけました」

「逃げたんか？」

「……逃げたかどうかはわかりません。俺の手を離した明日香は、いきなり走り出して部屋から飛び出したんです」

あの日のタワーマンションでの出来事を思い出し、目眩を覚えた。ここのところ、ずっと頭痛にも悩まされていた。

俺は再び、明日香を殺害した罪で逮捕され、この極楽のような刑務所に戻ってきていた。何の因果か、また小林たちの舎房に放り込まれてしまったのだ。

「明日香ちゃんを追いかけたんか」

「はい……エレベーターが来るのを待ち切れなかったのか、明日香はマンションの非常階段を使いました。歩いて降りられる階数じゃないのに……」

「ほんで？」小林が、俺を責めるみたいな目で見上げる。

「俺は何もしていない」

「本当かよ？」

俺の背後の壁にもたれていたトンボが猜疑心を剝き出しにしたトーンで言った。

「何もしていないんだ！　信じてくれ！」

「彼女は非常階段の踊り場で死んでたんだろ。血だらけになってよぉ。お前が突き落としたんじゃねえのか」

「違う！」

頭が割れたように痛み、血だまりを作って倒れている明日香の姿がフラッシュバックする。

「編集者と浮気していた彼女が憎かったんだろ。お前は悪くねえよ。誰だって殺意が湧くってもんだ」

「俺は殺してない！」

「でもまた、警察に捕まって、裁判にかけられて、有罪になってもうた」小林が食べ終わったプリンの容器をゴミ箱に投げ捨てる。「とことんツイてへんのう」

「事故なんです。明日香が足を滑らせて非常階段から転げ落ちたんです」

「転げ落ちる瞬間は見たわけ？」

「……いいえ」

明日香を追いかけた俺は、彼女がエレベーターホールにいないことに動揺した。てっきり、エレベーターで先に降りたと思った。しかし、エレベーターの表示は一階に停まったままで、明日香が非常階段を使ったと気づくのに数十秒かかったのだ。

「じゃあ、事故とは断言でけへんな」

「事故でなければ、誰かが明日香の背中を押したんです」

「誰だよ、それ」トンボが鼻で嗤う。「浮気相手の編集者か？　それとも、男を取られた漫画家ちゃんか？」

「わかりません……でも、俺が殺してないのは確かです」

「でも」小林が俺の口調を真似る。「お前と明日香ちゃんが怒鳴りあってたのをマンションの住人に聞かれたんやろ。ますますツイてへんな。しかも、明日香ちゃん、浮気相手の子を妊娠しとったらしいな。昼ドラも真っ青な展開やで」

「シーバは、もちろん、妊娠のことは知らなかったんだろ」トンボが、呆れた声で訊いた。

「知ってるわけがない。明日香は、ずっと俺を騙してきたんだ」

怒りと情けなさで、また頭痛が酷くなる。いっそ、このまま頭が割れて、脳みそがドロドロにこぼれてしまえばいい。

「動機があるだけに、シーバが犯人にされるのもしゃあないな。非常階段の防犯カメラは、たまたま故障しとったし。不運がこんだけ重なったらなあ」

小林がおもむろにベッドから立ち上がり、冷蔵庫を開ける。

「どうして、こんなことになってしまったんですかね。明日香を助けたかっただけなのに……彼女が漫画家になって、すべてが狂ってしまいました」

「運命や。諦めろ」小林がプリンを取り出し、悟った口調で言った。「ワイもトンボも何度も挑戦したんや。過去に犯した過ちを取り消すために脱獄したけど、結局はここに戻ってくるハメになるねん」

「小林さんは、どんな罪を犯したんですか」

「娘を殺してん」

「えっ？」

声が裏返った。振り返ってトンボを見ると、悲しげな表情で肩をすくめる。

「そんな顔せんといてくれ。ワイは無実や。誰かが娘を殺してん」

「俺と同じ……冤罪ですか？」

「そうやな」

小林が遠い目で壁を見つめる。娘のことを思い出しているのだろう。

俺と同じように脱獄して過去に戻り、娘に会いに行ったはずだ。それでも、救えなかったというのか。

「結婚なさってたんですね。小林さんはおいくつなんですか？」

「四十二。俺の二十二歳上だ」トンボが代わりに答える。

「えっ、トンボさんって二十歳なんですか！」

「何だよ。老けてるって言いてえのか」

同い年ぐらいだと思っていたが、まさか成人したばかりとは……。時代遅れのパンチパーマのせいだ。

「とにかく、もう潔く諦めろや」小林が二個目のプリンをひと口食べる。「明日香ちゃんは、絶対に助けられへん」

「いえ、絶対に助けます」

俺は自分に強く言い聞かせ、舎房を出て行こうとした。

「おい、どこ行くんだよ」

トンボが俺の前に立ちふさがって止める。

「決まってるじゃないか。脱獄です」

ここは極楽プリズン。行きたい場所にはどこだって行ける。ならば、もう一度、明日香が最初に殺された下北沢のマンションに戻れるはずだ。

「無理だって言ってんじゃん。明日香ちゃんと結婚しても、幸せになれなかったんだろ？」

「俺が、漫画家になることを勧めたのが失敗でした。明日香が漫画家になって、思わぬ成功をして不幸になったんです。次は、明日香に主婦になってもらいます」

「結果は同じだって。もっとリラックスしなよ。そうだ、アロママッサージでも頼むか？ 一緒に、気持ちよくなっちゃおうぜ」

トンボが馴れ馴れしく俺の肩に手を置こうとしたが、その手を振り払った。

「やってみないとわからないでしょう！ 今度こそ明日香を幸せにしてみせます！」

「幸せになんかなれねえよ。そういう運命なんだよ」

「うるさい！ 黙れ！」俺は取り乱してトンボの胸ぐらを摑んだ。

「なんだ？ やんのか、てめえ」

「やめんかい」小林が凄い力で俺とトンボの間に割って入る。「トンボ。シーバの気の済むまでやらしたったらええやないか」

「……ありがとうございます」

俺は無理やり落ち着きを取り戻し、小林に頭を下げた。

「いつの日に戻るねん」

「まだ、イラストレーターだった頃の明日香に会ってきて、プロポーズをやり直します」

小林は優しい目で頷き、俺の背中を平手で叩いて気合を入れた。

「よっしゃ、行ってこい！」

きっと、うまくいく。今度こそ、明日香を助けられるはずだ。平凡な人生でもいいから幸せになりたい。子供を作ろう。子供をたくさん作って、笑顔の絶えない家庭を築こう。

俺は希望を胸に、二度目の脱獄をした。

12

「ただいま！」

俺は懐かしさを味わう暇もなく、下北沢のマンションのドアを開けた。

早朝。明日香が背中を刺されて殺されたあの日に還ってきた。

「おかえり！　朝ごはんできてるよ。今日はバイト終わるのが早かったんだね」

ＤＶＤで映画のリプレイを観ているみたいに、小豆色のジャージにエプロンをした明日香が微笑んでいる。

元の明日香だ。それだけで俺は泣きそうになった。

「明日香。結婚しよう」

俺は速攻でプロポーズした。せっかく二回目の脱獄が成功して過去に戻れたのに、ここで犯人と鉢合わせをして殺されたくない。

「え？　柴田くん酔ってるの？　私の鬼ごろし勝手に飲んだの？」

「飲んでない。シラフだよ。結婚しよう」

俺は誠意を込めて言った。二度目のプロポーズは自信に満ち溢れて正々堂々とできる。

「急に？」

明日香が目を見開く。これもリプレイだ。

「うん。急に思いついた」

「閃いたの？」

「天から降ってきた」

俺も同じ台詞を繰り返す。

「わたしでいいの？」

明日香が戸惑いながらも嬉しさを滲ませる。ここまでは前回と同じだ。

運命を変えてやる。絶対に明日香と幸せになってやる。

「イラストレーターは辞めてくれ」俺は明日香の手を取った。「俺が一生懸命働くから、主婦になってくれ」

「働かなくてもいいの？」明日香が眉を顰（ひそ）めた。

不審がって当然だ。フリーターの俺の稼ぎだけでは家族を養ってはいけない。

勢いよくドアが開いた。リクオだ。あの朝の光景は繰り返される。

「やっと仕事が終わったあ。ちょっと寝かせてもらうよ。って、おいおい、朝から抱き合ってんのかよ、随分ラブラブじゃね？」

リクオが図々しくソファに横になり、手を繋いでいる俺たちをからかう。

「柴田くんがおかしいの。いきなり、わたしに主婦になれっていうの」明日香が訴えた。

「ラッキーじゃん。嫁いじゃえよ」

リクオがケタケタと笑う。

今回に関しては、コイツが邪魔だ。プロポーズが冗談で流されてたまるか。

「子供が欲しいんだ」

俺は、明日香の手をさらに強く握った。

「まだ朝じゃん」明日香が顔を赤らめる。「てか、リクオがいるんだよ」

「最低、二人以上は欲しい」

「子作り頑張れよ。俺も応援するから」リクオが欠伸混じりに言った。

「どうやって応援すんのよ」明日香がリクオに返す。

マズい。いつものノリだ。

「急ごう。早くこの家を出ないといけない」俺は明日香を引っ張り、部屋の外に連れ出そうとした。「リクオも行くぞ！」

「どうして？　どこ行くの？」

「ラブホだろ」リクオは起きようともしない。

「この家にいたらヤバいんだ。明日香に不幸なことが起こってしまう」

「やっぱり飲んでる？」

「飲んでない！」俺は明日香を強く抱きしめた。「婚姻届を出しに行こう！」

「プロポーズ、本気なんだ……」

明日香が、俺の背中に手を回した。

「本気に決まってるだろ」

やっと俺が愛した明日香に会えた。漫画家として成功し、タワーマンションに住んでいた明日香とは長い間、互いに体を触れ合わなかった。

「本当に私でいいの？」

「明日香じゃなきゃダメなんだ」

リクオがソファから飛び起きた。

「生プロポーズじゃん！」

「そうだよ！」

「前もって教えておいてくれよ！　サプライズに協力したのにさ！」

「リクオ、落ち着け」

「録画したいから、もう一回やってくれよ」

興奮したリクオが、自分のスマホを取り出して構える。

「あとでやるから、とりあえず、家から出よう」

「え？　何で？」

「明日香の気が変わらないうちに役所に行きたいんだよ！」

リプレイのはずが微妙に二人のリアクションが違う。

当然だ。ほんの些細なことから運命は変化する。今回は、慎重に進め、絶対に明日香と幸せになる。

「じゃあ、明日香ちゃん、着替えろよ。そんな恰好のままで役所に行っちゃダメだ！　今日はスペシャルハッピーデーなんだぞ！」

リクオがピョンピョンと跳んで、はしゃいだ。

「明日香、メイク！」俺は、素早く寝室を指した。

「うん！　しようと思ってたの」

「リクオはタクシーだ！」

「俺も拾いに行こうと思ってた」

大丈夫だ。人生をやり直すのが二回目なら、どんな危機でも先回りして回避できるはずだ。

「二人とも、急いで！」

俺たちは、また役所に行き、婚姻届を出し、夫婦となった。明日香はイラストの仕事から解放されたせいか、終始テンションが高かった。これで、明日香が主婦になってくれれば、編集者の西田と浮気をすることもない。

結婚したことにより、俺たちの生活はガラリと変わった。明日香は子供を四人産み、就職した俺は死にもの狂いで働いた。

13

「子供、四人も作っちゃったの？」

わたしは飲んでいたメーカーズマークを零しそうになった。妄想とはいえ、張り切り過ぎだろう。

「はい。子供は可愛くて、つい」柴田が照れ臭そうに頭を掻く。「代官山のタワーマンションに住んでいたとき、夫婦関係がうまくいかなかったのは子供がいなかったからだと思ったんです。三人、男の子が続いたんで、どうしても女の子が欲しくて」

「四人目は女の子だったの？」

「男の子でした」

「そりゃ、明日香ママは大変だ」

女の子一人だけでもてんてこ舞いだった。それが、ヤンチャな男の子が四人なんて想像するだけでげんなりする。

「そうなんです。明日香には負担をかけてしまいました」

「でも、幸せだったんでしょ？」

わたしの質問に柴田は答えず、切なげな顔で俯いた。

バーテンダーはこちらの話が聞こえているかどうかわからないが、無表情でグラスを拭いている。他の客は小声で話し、美味い酒と、ゆっくりと流れる夜の時間を楽しんでいる。

「柴田君はフリーターを辞めて、どこに就職したの」

「文房具メーカーの営業です」

もちろん、金髪では勤めることができないだろう。柴田の髪が今金髪ということは、結局、その職も辞めたということか？

いやいや、彼の妄想だってば。つい、何もかも真に受けてしまう自分が怖い。

恋人を殺された男がその悲しみに耐え切れずに、脳内で都合よく人生をやり直しているだけなのだ。誰もまともには聞いてくれないだろう。だから、今夜、わたしが最後まで話に付き合ってあげて、傷を癒やすと決めたのだ。

「仕事がうまくいかなかったのかしら」

「頑張ったんですけど……収入が厳しくて……明日香と共働きになってしまいました」

「共働きは珍しくはないけど、子供が四人いたらキツいわよね」

その点では、わたしは東京から京都に引っ越して助かった。コウちゃんの両親は孫にメロメロで、喜んで預かってくれたので、わたしは仕事に集中できたのだった。

「なので、明日香の義父と同居して、俺たちが仕事のときは子供たちの面倒を見てもらうことにしました」

「それはそれで、大変そうね」

わたしもコウちゃんの実家で少しの間お世話になったことがあったが、息が詰まりそうになった。すぐに近所に家を借りて、〝スープの冷めない距離〟を保った。

「子供たちはお義父さんに懐いてくれたのですが、明日香が体調を崩すようになって……」

「明日香ちゃん、メンタルが弱い女性だよね」

彼女と会ったことはないが、どういうキャラクターだったのか容易く想像できる。人の期待に応えて無理をするが、相手からの評価がないと自信が保てないタイプなのだろう。だから、無茶な要求でも受けてしまうし、さらに自分を追い詰めてキャパオーバーしてしまう。漫画家であろうが主婦であろうが、根っこは変わらない。

　不器用だったのかな。仕事も愛も。

　その点はわたしと同じだ。いや、わたしの場合は自分が器用だと思い込んでいたから、余計にタチが悪い。

「ある日、明日香のストレスが爆発しました」

「何があったの？」

　聞きたくないけど、そうはいかない。

　柴田は、大きく深呼吸して間を取った。

「タバコ吸ってもいいですか」

「もちろん」

　わたしは娘の妊娠をきっかけにタバコを止めていた。昔、吸っていたくせに、他人のタバコの煙は嫌だったが、柴田を落ち着かせるために今は我慢だ。

「しまった」柴田がタバコのケースを開けたが、一本も入っていなかった。「ちょうど切れていたのを忘れてました」

「お店にあるんじゃない？」

　バーテンダーを呼んだが、あいにくタバコは置いていなかった。

「葉巻ならございますが……」バーテンダーが申し訳なさそうに言った。

「理々子さん、葉巻の煙は迷惑ですよね」

「かまわないわよ。別れた夫もたまに吸っていたから」

　コウちゃんは多趣味の男だった。結婚してからも、興味を持つとすぐに手を出していた。サーフィン、オーディオ、ボルダリング、サックス、山登り、チェス……。広く浅く、数え上げればキリがない。中途半端に見えて、わたしはあまり好きではなかったけれど、今思えば、彼なりに〝空虚な結婚〟のストレスを発散していたのかもしれない。

　葉巻もそのうちのひとつだった。当然、子供のいる家では吸えなかったので、コウちゃんは週に一度飲み仲間と、シガー・バーでラムやウイスキーに葉巻を合わせて嗜んでいた。

「こちらを取り揃えております」

　バーテンダーが、葉巻専用のメニューを柴田に見せる。横から覗くと、聞いたことのないカタカナがずらりと並んでいた。各銘柄の下に、丁寧な解説まである。

「葉巻ってこんなにも種類があるのね」

「そうなんです。俺もあんまり詳しくないですけど、ハマれば奥が深いですよ」柴田がメニユーを吟味しつつ言った。「コイーバとかモンテクリストとかは有名ですね」

「へえ。美味しいの？」

「はい。味もそうですけど、ゆっくりと流れる煙と時間を楽しむんです。理々子さんも一本チャレンジしますか」

「ノーサンクス。柴田君の煙を見てるわ」

何年も禁煙できているのに、勿体無い。この前の健康診断で、肺年齢が二十五歳と言われたばかりなのだ。

「モンテクリストのNo.3をください」柴田が注文した。

バーテンダーが、先の丸い特殊なハサミと細長い灰皿を差し出した。そして思っていたよりも太い葉巻を持ってくる。

「タバコと比べると随分大きいわね」

「これで四十分から五十分、楽しめるんです」

柴田がハサミで葉巻の吸口を切り、長いマッチで火をつけた。

「甘いラムと葉巻って合うんでしょ？」

「よくご存知ですね」

「別れた夫が言ってたの」

「じゃあ、せっかくなのでラムを飲みましょう。これは俺の奢りです」

「いいの？」

ラムはほとんど飲まない。学生の頃にキューバリブレを飲んで以来だ。

「俺に任せてください。ロンサカパのロックを二つお願いします」

ロンサカパ？

知らないはずなのに、聞き覚えがある。もしかして……。

濃い茶色のラムが、ロックグラスでカウンターに置かれた。ひと口飲む。想像していたよりは甘くない。

「美味い。この組み合わせは最高だな」柴田が満足げに目を細める。

「柴田君、わたしも吸わせてもらっていい？」

「どうぞ。ゆっくりと味わってください。煙を肺に入れなくていいですからね」

ラムをもう一度飲み、葉巻を吸った。目を閉じて、遠い記憶を探る。

やっぱり、これだ。

コウちゃんの味がした。正しくは、コウちゃんとのキスの味だ。

週に一度、飲み仲間と葉巻を楽しんだあとのコウちゃんはいつもご機嫌で、帰ってくるとわたしにキスをした。あのスモーキーな甘さが脳裏に蘇る。

間違いない。コウちゃんはこの葉巻とラムが好きだったんだ。

「明日香の話に戻っていいですか？」

「う、うん」

わたしは葉巻を灰皿に置き、唇に残る懐かしさをそっと舐めた。

14

日曜日の午後五時。子供たちが帰ってきた。玄関からバタバタと四人の足音が近づいてくる。

「ただいま、パパ！」

贅沢な一人の時間は終わりだ。俺は読んでいたミステリーの文庫本を閉じ、小さな怪獣たちの襲撃に備えた。

俺は明日香の実家で暮らしていた。埼玉の熊谷にある一戸建てだ。前回、〝売れっ子漫画家の明日香〟と住んでいた代官山とは大きくかけ離れている。しかし、駅から離れた家の近くには川や山があり、夜は虫や蛙の鳴き声が聞こえるほど静かだった。

俺はフリーターを卒業し、池袋の文具メーカーに就職した。この家から、片道で一時間半かかる。最初はキツかったが、気がつくと、満員電車も鏡の中の黒髪の自分も当たり前になっていた。

「パパ！　お腹空いた！」

リビングのドアが開き、四人の息子たちがなだれ込んできた。長男が十歳、末っ子が四歳の悪ガキどもである。

「遅くなってすまんね」

遅れて、明日香のお義父さんが入ってくる。

でっぷりと太り、頭が禿げ上がり、貫禄は充分だ。黒縁メガネの奥の目は、常に気難しそうだ。明日香に似て頑固で生真面目なところがあるが、孫たちと遊ぶときは優しい〝ジイジ〟になる。

「いつも子供たちの面倒を見ていただいて、ありがとうございます」

俺は素直に感謝した。たまに子供から解放されないと、仕事の疲れはいつまでたっても取れないからだ。

「いやいや、構わんよ。こっちもいい運動になるしな」

仮面ライダーや妖怪ウォッチのオモチャが山積みのソファに、お義父さんが腰掛ける。ソファだけでなく、家中が子供のオモチャだらけで、片付けても片付けてもどんどん溢れていく。

「今日はおじいちゃんと一緒にどこへ行ってたんだ？」

俺はリビングをドタバタと走り回っている子供たちに訊いた。

「どこに行ってたのかな？」お義父さんも嬉しそうに訊いた。

「イオン！」

子供たちが声を合わせて叫んだ。口々にフードコートでたこ焼きを食べたことやゲームコーナーでポケモンをゲットしたことを報告する。

「何て幸せな光景なんだ」お義父さんが目を細める。

入院していた母親も奥さんも亡くし、広い家に一人で暮らしていたお義父さんからすれば、今の生活は騒がしくても充実したものなのだ。

「ママは？　ママは？」

末っ子が、俺の太腿をガシガシと叩く。

「ママはお仕事だよ」

明日香は近所のファミレスと薬局で、パートの掛け持ちをしていた。本来なら土日は休みなのだが、ファミレスの学生アルバイトが急に辞めたので今日は朝からの出勤だった。

「焼きそば食べたい！　ラーメン食べたい！」

大食漢の次男がテレビの前の絨毯(じゅうたん)に寝転がり、暴れ出した。

「さっき、イオンのフードコートでいっぱい食べただろう」お義父さんが宥める。

「お前ら、何を食べたんだ？」

俺が訊いても子供たちは好き勝手に遊んでばかりで返事をしない。右からサッカーボールのクッション、左からは折り紙の手裏剣が飛んでくる。

「ただいま」

玄関から明日香の声が聞こえた。ママの帰宅に、子供たちが爆竹のような大騒ぎをする。

俺の心臓がギュッと締め付けられる。ここ最近の明日香は、心身ともに調子が悪く、四六時中、イライラしているからだ。

「ああ、疲れた」

両手がスーパーの買い物袋で埋まった明日香が、ふらついた足取りでリビングに入ってきた。量販店で買った春物のセーターは、何度も子供に引っ張られて伸び切っている。〝育児に追われる〟なんて生易しい表現では済まされない。母親は、〝育児という戦争〟で戦う兵士なのだ。

「おかえり、明日香」

俺は、できるかぎり優しい声で言った。

「なんだ買い物してきたのか？　言ってくれればイオンで買ってきたのに。今日はポイント三倍デーだったんだぞ」

お義父さんが明日香から買い物袋を受け取り、食材を手際よくキッチンの冷蔵庫に入れていく。

子供たちがママの奪い合いの喧嘩を始めた。明日香は、子供たちの輪の中心で棒立ちになり、虚ろな目をしている。

「ママー！　ぶたれたー！」

「ぶってないもん！　キックだもん！」

「ママ！　クレヨンしんちゃんのＤＶＤみたーい！」

「しんちゃんイヤだ！　ドラえもんの映画がいい！　ジャイアンがカッコいいんだよー！」

いつもの如く、喧嘩がエスカレートする。動物園のサル山より酷い。

「お前たち、仲よくしなさい！」

俺が怒鳴っても効果はない。長男は刀を振り回し、次男は風船を振り回し、三男は縄跳びを振り回し、末っ子はズボンとパンツを脱いでチンチンを振り回した。

「やかましい‼」

明日香がハンドバッグをハンマー投げのように振り回してブチ切れた。

かつてない凄い剣幕に、俺と子供たちはビクンとなって硬直する。

「毎日毎日ピーピーピーピー騒ぎやがって、こら！」明日香が怒りのあまり関西弁になる。

「どんだけ、こっちにストレスをかける気じゃ！　あんまり調子こいとったらケツの穴から手突っ込んで奥歯ガタガタ言わすぞ！」

「明日香、ど、どうして、関西弁なんだよ」

「このボケどもが！」

明日香が長男の髪の毛を摑んで引きずり、次男と三男を蹴り飛ばす。

「ギャー！　痛いーー！」

泣き叫ぶ兄たちを見て、末っ子が小便を漏らした。

「明日香！　虐待はやめろ！」

俺は明日香を必死で止めようとする。

「邪魔すんなや！」

今度は明日香が俺の髪の毛を摑む。ブチブチと髪の束が抜けた。

子供たちは、ガタガタと震えながら二階へと逃亡した。

「もう嫌だ……こんな生活」

明日香が散らばるオモチャの上にへタり込み、標準語に戻った。

「どうしたんだ？」

キッチンから、お義父さんが駆けつける。手には人参を持ったままだ。

「……落ち着いた？」

「明日香、いくら腹が立つからって暴力はいけないよ」

「わたしの勝手でしょ。限界なの。心がパンクしたの」

「話し合おうよ」

「話し合ったところで解決できる問題じゃないでしょ？」

「何が不満なんだ？」

「すべてよ！　何もかもがもう嫌なのよ！」

明日香の目から涙が溢れ出す。結婚して、母親になった明日香は強くなったと思っていた。

違う。明日香は毎日ギリギリだった。

俺は、手首を切って入院した明日香を思い出した。

「わたしの人生はこんな風に終わっていくのかと考えたら、おかしくなりそうになるのよ！　家事と子供の世話とパートに追われて時間だけが過ぎていって。外で好き勝手やっている柴田くんにこの気持ちはわからないの！」

「そうだぞ。明日香にばかり負担かけて」お義父さんが明日香の肩を持つ。「君の給料じゃ足りないから明日香がパートで働いてるんだ。君のお給料さえ良ければ、明日香はイラストレーターを辞めなくて済んだんだ。明日香は、漫画家になりたかったんだ」

「お義父さん、それは違うんです」

極楽のような刑務所から脱獄して俺が過去を変えたんだってことを説明したいが、不可能だ。

「何よ、その顔？　どうせ、わたしには才能がないから漫画家にはなれなかったって言いたいのね」

「違う。明日香には才能があった」

「じゃあ、どうして夢を追わせてあげなかったんだ？」

お義父さんが、俺に詰め寄る。明日香の初めての虐待を目撃して、動揺しているのだ。

「……たとえ成功したとしても、幸せになるとは限らない」

「今よりは幸せよ。だって、お金が入ってくるのよ？」

俺はうなだれて、床を見た。パンダのぬいぐるみの胸が破れ、中綿が無残に飛び出ている。

「それだけじゃダメなんだ」

「じゃあ、他に何があるの？」

答えられなかった。

大切な人は必ず、現れる。その子を助けるんや。

小林の言葉がまた頭の中で聞こえた。

「結局、わたしたちは永久に幸せになれないってことね？」

「違う。俺の選択が間違ってたんだ」

「それはどういう意味だ？」お義父さんが俺の胸ぐらを摑んだ。「明日香を選ばなければよかったってことなのか？」

「そうじゃないです。俺は明日香を幸せにできたはずなんです」俺はしゃがみ込み、明日香の顔を覗いた。「今からでも遅くないだろ。教えてくれよ、明日香はどうすれば幸せになれるんだ？」

明日香が憎悪のこもった目で、俺を見た。

「そんな酷い質問、二度としないで」

15

「やっぱりアカンかったんか」

小林が、競馬雑誌を団扇(うちわ)代わりにしてあおぎながらコロナビールを飲んでいる。コロナビールの瓶の中にはカットされたライムが入っていた。

「明日香は家出をしました。俺と子供たちを捨てて」

俺は吐き捨てるように言った。

舎房のクーラーの利きが悪く、うだるように暑い。全身にじっとりとした汗がまとわりつき、頭から水を被りたい気分だ。

「人生って、うまく行かないものだな」トンボはハーゲンダッツのバニラを食べている。

「明日香ちゃんは、また殺されたんだろ？」

「だから、俺がここに戻ってきたんですよ」

かなり久しぶりに会うというのに、小林とトンボはまったく変わっていなかった。相変わらず、極楽みたいな刑務所を満喫している。

「今回はお前が殺したのか」トンボが冗談めいた口調で訊く。

「そんなわけないでしょ！」

「連続で冤罪ってわけか。とことん、ついてねえなあ」

「……はい」俺は弱々しく頷いた。

「明日香ちゃんは、どこで殺されたんだよ」

「俺の車の中で首を絞められたんです。明日香は、なぜか助手席に座っていました。車の中には、俺と明日香と子供たちの指紋しか見つからなくて……」

　明日香が死んでいる姿が脳裏に蘇り、怒りが爆発しそうになる。明日香が殺されたのは三度目になるが、一向に慣れない。

「かわいそうやのう」

　小林がコロナビールを呷り、グビリと喉を鳴らす。

「ちくしょう！　どうして、明日香を助けることができないんだよ！　誰が明日香を殺してるんだ！」

　俺の怒鳴り声が舎房に虚しく響き、気まずい空気に包まれた。

「とりあえず、ワインでも飲もうや。とっておきのロマネ・コンティがあんねん」小林がベッドから立ち上がった。

「すみません。酒を飲んでいる暇はないんで」

「また脱獄する気なんか」

「当たり前じゃないですか」

「そろそろやめといたほうがええんちゃうか」小林が深い溜め息を漏らす。「自分が傷つくだけやで」

「俺はどうなってもかまいません。次こそは明日香を幸せにします」

「どうやって幸せにするんだよ？　漫画家でもダメで、主婦でもダメだったんだろ？」トンボがムカつきを隠さず言った。

　俺は言葉に詰まった。再び脱獄をする決意は百パーセントだが、自信のほうはゼロだ。

「どうしても、明日香ちゃんと結婚せんとあかんのか？」小林が首を傾げる。「シーバと結婚しなくても、明日香ちゃんが幸せになる方法はあるんやないか」

「そうなんっすよ。明日香ちゃんが殺されちゃ意味ないっすもんね」トンボがすかさず同意する。「でも、運命なんだよなあ。必ず殺されるんだよなあ。運命だけは変えられないんだよなあ」

「変えます」

　声を振り絞って言った。たとえ自信がなくとも、明日香を助けることができるのは俺しかいないのだ。

「あきらめろって。酒飲んでベロベロになって嫌なことは忘れようぜ。せっかく極楽プリズンに来てるんだから楽しまなきゃ。小林さん、飲みに行きましょうよ！」

「ロマネ・コンティ、ガブ飲みしよか。シーバ、先に行ってるで。気分が落ち着いたら食堂に来いや」

　小林がトンボを従えて舎房を出て行こうとした。

「次は明日香と結婚しません」

俺の宣言に、二人が足を止めた。

「結婚しないのに幸せにする方法なんてあるのかよ。無理に決まってんだろ」トンボが振り返り、突っかかってくる。

「親友になります」

「へ？」

「なるほどな」小林が顎に手をやり、ゆっくりと撫でる。「陰ながら明日香ちゃんを支えるっちゅうわけやな」

「……はい」

「そう上手くいったらええけどな」

「いかせてみせます」

「自分の人生を捨てるつもりなんか」

「その覚悟はできています」

俺は明日香の笑顔を思い出し、断言した。

長男が生まれたとき、明日香は病院で、生まれたばかりの長男を胸の上に置き、「柴田くん、嬉しいねえ」としみじみと言った。俺は人目を憚(はばか)らず声を上げて泣いた。

もう少しだった。あともう一歩で明日香を幸せにすることができた。

「ええ根性してるやんけ。気に入ったで」

小林は納得してくれたが、トンボは露骨に顔をしかめた。

「本当に捨てられるのかなあ」

「俺の人生なんです。あなたに文句を言われる筋合いはありません」

「あのよお。『人生を捨てる思い』とか『命を捨てても頑張る』とか、よく耳にする台詞だけどよお、本当に捨てられる人間になぞ、会ったことねえんだよなあ」

「俺は捨てます！」

「自分が死んでもいいのかよ」

「それで……明日香が幸せになるのならば」

生まれて初めて、自分よりも大切な他人に出会った。それが、明日香だ。

「よう言うた。ワイらも全面的にシーバを応援したろ」

小林は感動したのか、目を潤ませる。

「ありがとうございます！」

「トンボも応援するやろ？」

「本当に、人生を捨てる気があるんならな」

トンボが渋々と頷いた。何かと乱暴なところがあるが、根は優しい男なのだろう。

「では、行ってきます!」

「ちょい待て。どこに行くんや」

舍房を飛び出ようとした俺を、小林が止める。

「脱獄に決まってるじゃないですか。イラストレーター時代の明日香に会って別れてきます」

どうやって別れたらいいかまでは考えていないが、行くしかない。

「そんな無計画で、親友になれると思ってんのか」

「そのつもりですが……」

「アカンな、こりゃ」小林が呆れた顔で言った。

「何がダメなんですか?」

「都合がよ過ぎやろ。もし、お前が逆の立場だったらどうやねん。明日香ちゃんに一方的にフラれて、そこから親友になれるか?」

「あっ……そうか……」

焦るあまり、明日香の気持ちを考えていなかった。

「何て言って別れるつもりやってん?」

「理由は何も聞かずに別れてくれと……」

「アホちゃうか。明日香ちゃん、精神的に脆い子なんやろ？」

深夜の救急病院の病室で、左の手首に包帯を巻いた明日香を思い出す。いきなり俺から別れ話をしたら、どんな行動を取るか……。

「やっぱり、納得できる別れの理由が必要ですよね」

「そんなもんねえよ。別れを告げられた時点で、納得なんかできねえだろ」トンボが鼻で嗤う。

「じゃあ、どうすればいいんですか。八方塞がりじゃないですか」

「付き合わんかったらええんちゃう？」小林が得意げな顔になる。「シーバ、明日香ちゃんと付き合った日を覚えてるか」

「もちろんです。八年前の夏です」

「どっちから告白してん」

「俺からです」

俺にとって忘れられない日だ。付き合った記念日は、毎年、明日香とささやかなお祝いをした。

「よっしゃ。脱獄してその日に戻ろう」

小林が威勢よく手を叩く。トンボも合わせて拍子を打った。

「なるほど、さすが小林さんだ」

「も、戻れるんですか」

「ここは極楽プリズン。いつでも、好きな場所に行ける」

「俺が告白さえしなければ、明日香は殺されることはない……」

「それはわからへんで。何回も言うけど、運命は変えられへんからな」

「だって、俺と付き合って同棲したから、あの部屋で刺されて殺されたんですよ。恋人同士にならなければ、あの部屋に住むこともない」

目の前にあった霧が一気に晴れた気分だ。

こんなに簡単なことだったのか。今度こそ、明日香を助けることができる。

「簡単かどうかはわからんけどな」小林が、俺の手にハイチュウを握らせる。「シーバが納得いくまで、脱獄しいや」

「はい！」

ハイチュウを貰うことが脱獄前の儀式になっている。小林なりの優しさで、ゲンを担いでくれているのかもしれない。

「よっしゃ！　行ってこい！」

16

俺は、八年前のあの日を思い出しながら脱獄した。当時、俺と明日香はただの知り合いだった。友人の結婚式で出会ったが、パーティーやイベントで顔を合わすくらいの関係だった。明日香は人とコミュニケーションをとるのが苦手で、いつも場に馴染めていない様子だったけど、不思議と俺とは気が合った。ネットカフェで働いていたせいで漫画の知識があった俺には、話しかけやすかったのかもしれない。

漫画家になりたいの。

明日香の夢を聞いてから、電話で相談に乗るようになった。仕事から帰ってきて、明日香の声を聞くのが俺の日課になっていった。電話ができない日があると、胸にポッカリと穴が開いたみたいになった。

そんなふうにして一ヶ月経った。電話じゃなく、直接会って話をしたい。でも、言い出せなかった。

明日香が俺のことを気に入ってくれているのはわかっていた。好きだと言いたい。でも、言えない。友達としての彼女を失うのが怖かったからだ。

リクオから連絡があったのは、そんな頃だった。

「柴田、キャンプに行こうぜ。ぜってー楽しいって！　明日香ちゃんも来るってさ。お前さ、明日香ちゃんのこと狙ってんだろ？」

俺はアウトドアが苦手だったが、参加を決めた。

夏。太陽の下。両足を川に浸す明日香は眩しかった。明日香以外は何も──他のどんな女の子も、どんなに美しい自然も──目に入らなかった。

夜になり、俺と明日香はキャンプファイヤーを抜け出した。星空の下で二人きり。隣を歩く明日香の鼓動が聞こえた。たぶん、俺の鼓動も明日香に聞こえていたと思う。どちらともなく手を繋いだ。

そして、小高い丘の上で、俺は明日香に告白した。

好きなんだ。ずっと一緒にいたいんだ。

声が震えて上手く出なかった。星空を見上げて感動している明日香に「今、何て言ったの？」と聞き返されて、今度は、山びこが返ってくるほど大きな声で言った。

好きなんだ！　ずっと一緒にいたいんだ！　君と過ごす時間が、人生で一番楽しいんだ！　だから俺と付き合ってくれ！

明日香は顔を赤らめて頷き、「やっと言ってくれた」と呟いた。

この日が、俺と明日香の記念日だ。

三度目の脱獄に成功した俺は一目散に、あのキャンプ場に向かった。神奈川県の相模湖(さがみこ)の側にあるキャンプ場に到着するのに、羽田から三時間かかった。

付き合う前の明日香は、まだ若くて幼ささえ残っていて、新鮮だった。デニムのショートパンツから伸びる白い太腿が眩しく、俺は照れくさくて直視できなかった。

夜のキャンプファイヤーのとき、明日香を誘って抜け出した。ここまでは、前回と同じなのでスムーズにことが運んだ。

「うわあ。綺麗だねえ」

小高い丘に一緒に登ると、明日香は木のベンチに座って夜空を見上げた。

俺は隣に座り、星の明かりに照らされる明日香の横顔を眺めた。あまりの美しさに吸い込まれそうになる。

「今、何て言ったの？　ずっと一緒にって聞こえたよ」

無意識に、前回と同じ言葉が口から出ていたみたいだ。

「教えてよ。柴田くん、何て言ったの？」

明日香の指が俺の指に触れる。二度目に体験する場面だというのに、心臓が高鳴り、破裂しそうだ。

「ずっと一緒にいたら……キャンプのみんなに怪しまれるよ」俺は明日香の指から手を離した。

「えっ？」

明日香が驚いた顔で俺を見る。

「キャンプファイヤーに戻ろうか」

思わず、目を逸らしてしまった。俺からの告白を期待していたであろう明日香の気持ちを裏切り、胸が張り裂けそうになる。

「わたしの勘違いだったんだ……」明日香が悲しげな笑みを浮かべる。「てっきり、柴田くんはわたしのこと……」

「世界一の親友だと思ってるよ」俺はかぶせるように言った。「君と過ごす時間が、人生で一番、楽しいんだ。だから、俺とずっとこのままの関係でいてくれよな」

明日香がショックを押し殺した表情で、手を差し出す。

「うん。わたしにとっても柴田くんは大切な友達だよ。これからもよろしく」

「よろしくな」

俺は明日香と握手をした。こんな辛い握手は二度としたくない。

「先に戻ってるね」

明日香が小走りで丘を駆け下りた。

俺は追いかけたくなる衝動を必死で抑え込み、ベンチに座り続けた。満天の星が滲(にじ)んでいた。

こうして、俺と明日香は無二の親友となった。最初はぎこちなかったけれど、一年も経つと、明日香は彼氏を作り、無邪気に恋愛相談をしてきた。俺は明日香に幸せになって欲しい一心で、ポジティブなアドバイスを繰り返した。

「絶対にうまくいく」「もっと自分に自信を持て」「君は、思っているよりもずっとイイ女だから」

俺のアドバイスが功を奏したのか、二年後には、結婚を考えていると言い、三年後には本当に結婚をした。

俺は結婚式に呼ばれ、友人代表としてスピーチを任された。何を喋ったのかまるで記憶にない。心の底から「おめでとう」と言えなかったことだけは憶えている。

花嫁姿の明日香は美しかった。そして、幸せそうだった。俺はそんな明日香を直視できなかった。

俺は独身のままだった。明日香への未練を断ち切るために、何人かの女性と付き合ったが、どの恋愛も長続きしなかった。

さらに月日は流れ、明日香は俺のアドバイスどおり、漫画家になった。ゾンビものの少女漫画を描けば、ヒットすることはわかっている。

明日香は瞬く間に金持ちになり、子供も作らず、愛する夫と幸せに暮らしていた。

それなのに、なぜ……。


深夜。俺が一人暮らしをしているマンションの部屋のインターホンが鳴った。

「柴田くん、一緒に逃げよう！」

ドアを開けた途端、トレンチコート姿でスーツケースを持った明日香がズカズカと入ってきた。

「逃げる？　どうして、俺のところに来るんだよ」

「自分の人生を取り戻すためよ！」

明らかに取り乱している。目が充血して異常なほどテンションが高い。

「はあ？」

「明日香、しっかりしなさい！」

いきなり、明日香のお義父さんが二重顎と太鼓腹を揺らして乱入してきた。額にびっしょりと汗を掻き、肩で息をして俺を睨みつける。

「わたしは柴田くんが好きなの。ずっと好きだったの！」

「明日香、お前は人妻なんだぞ！　トチ狂ってんじゃない！」

お義父さんが明日香の腕を摑んで連れ戻そうとする。しかし明日香は激しく抵抗し、その手を振り払った。

「柴田くんもそうなんでしょ？　わたし、気づいてたんだから！　わたしのこと好きだったよね？」

「何を言ってるんだ！　君、違うって言ってくれ！　この子を惑わさないでくれ！」

怒鳴り散らす明日香と鬼の形相のお義父さんに迫られ、俺はリビングの壁まで後退（あとずさ）った。

「ちょ、ちょっと、待ってくれ」

「どうして、逃げるの？」

「わ、わけがわからないよ」

「もうすべてが嫌になったのよ！」明日香が涙声で怒鳴る。

「すべて？」

「夫も仕事も高級スーパーも、もうウンザリなのよ」

「やっぱりイオンのほうが良かったんだな」お義父さんの相槌も正気を失っている。

「今まで幸せに暮らしていたんじゃなかったのか？」

俺の質問に、明日香が首を横に振ってポロポロと涙を零した。

「今のわたしは、本当の自分じゃないの」

「本当の自分って？」

「売れないイラストレーターのままでいいから、柴田くんと一緒に過ごしたかった。わたし、柴田くんと結婚したかった」

明日香がふらつきながら俺に抱きつこうとしたが、背後からお義父さんにコートの裾を掴まれて引き離される。

「明日香、やめなさい！」

「邪魔しないでよ！」

明日香が振り返り、お義父さんを両手で突き飛ばした。お義父さんは尻もちをついて本棚で背中を打った。明日香の漫画の単行本がバラバラと床に落ちる。

「俺たちは親友だろ」

俺は懇願するように明日香に言った。

「そうだ、君は親友だ。だから引っ込め！」

尾てい骨を強打して立ち上がれないのか、尻もちをついたまま、お義父さんが叫ぶ。

「わたしたちは無理やり親友になったのよ。ね？　憶えてるよね？」

明日香が、両手で俺の右手首を摑んだ。その手が恐ろしいほど冷たい。

「な、何を？」

「キャンプ場よ。二人でキャンプファイヤーを抜け出したでしょ？」

「……憶えてるよ」

忘れたくても記憶から消すことのできない夜だ。

「どうしてあのとき、わたしのことを好きだって言ってくれなかったの？」

「言えなかったんだよ」

「怖かったの？」

「君を失いたくなかった」

「やっぱり怖かったのね」

「違う。俺は君の幸せのために、告白をしなかったんだ」

〝三度目の選択〟が一番辛かった。明日香を愛しているからこそ、俺は身を引いて他の男に委ねたのだ。

「何それ、意味わかんない。あのとき、私がどれだけ傷ついたと思ってるのよ」

「ごめん。うまく説明できない」

「柴田くんのこと忘れるために今の夫と結婚して、夢見てた漫画家にもなれて、お金持ちにもなったのに、全然、幸せになれないの」明日香が、両手を俺の頬に寄せた。「毎日、他人の人生を生きてる感じがするの」

「俺のせいだ……」

「今日から柴田くんがわたしを幸せにしてよ」

明日香がキスをしようとして唇を近づけた。俺は体を捩って逃げた。

三度目の脱獄をしてから今日まで、ずっと明日香を抱きしめたかった。キスしたかった。明日香を思い出さない夜はなかった。

でも、今夜の明日香は様子がおかしい。俺の知っている明日香ではない。

「酔ってるのか？」

「そうよ。シラフじゃやってられないわ」

「鬼ごろしは飲み過ぎるなってアドバイスしたじゃないか」

「お酒なんか飲んでないわよ」

「酒以外に何があるんだよ……」

「元気になる冷たいお薬よ。飲むんじゃなしに注射器で体に入れるんだけどね」

「何やってんだよ！」

「締め切りの前は、打たなきゃ漫画を描けないのよ！」明日香が狂ったように髪を掻きむしる。「スランプなのよ！　わたしの描く漫画は全然面白くないの！　誰も読みたくなんかないの！」

「明日香……」

また俺のせいだ。俺のせいで明日香が不幸になってしまう。

小林の言うとおりだった。いくら過去に戻ろうとも、運命は変えられないのだ。

「柴田くんが守ってよ。このままだと、わたし、殺されるわ」

「誰に殺されるんだよ？」

「夫よ。柴田くんと駆け落ちするって言ったら、ナイフを振りまわしながら追いかけてきたの」

「ナイフ？」

「明日香から電話があって、駆けつけたのだ」お義父さんが腰を押さえながらヨロヨロと立ち上がる。

計ったようなタイミングでドアが激しくノックされた。

全員が、ビクリと体を強張らせる。

「明日香！　いるんでしょ？　ここを開けてよ！」

ドアの外から声がする。聞き覚えのある声だ。

「手嶋ちゃんだ！」

明日香がギラギラと目を輝かせ、勝手にドアを開けた。

黒い革ジャンを着た手嶋が部屋に走り込んできた。髪はドレッドで、目の下には酷い隈を作り、前回会ったときよりもガリガリに痩せている。

「持ってきたよ！　冷たいお薬持ってきたよ！」

手嶋が白い粉が入った小さい袋を、明日香に渡そうとする。

「やめろ！」俺は無理やり、明日香と手嶋の間に割り込んだ。「手嶋さんも漫画家だろ！」

「明日香が売れたから、私はお払い箱になったのよ。人生、メチャメチャになっちゃった。今は池袋を縄張りに、パキスタン人と一緒に売人をやってんの」

呂律が回っていない。まるで別人だ。

……おかしい。俺が明日香を救おうと過去を書き換えると、明日香だけではなく周りの人間の運命まで大きく歪ませてしまう。

開きっぱなしのドアから、今度はリクオが部屋に入ってきた。

「明日香ちゃん！　ドラッグを絶対にやめるって誓ったのに、また手を出したのか！」リクオも興奮状態だ。「手嶋ちゃんを尾行してたんだ。もう我慢できない。警察に通報したからな。囲まれてるぞ、この家！」

「ごめんね。本当にごめんね」明日香が打ちひしがれる。「だけど、冷たいお薬がないとダメなの」

「明日香、これを機会にキッパリと薬から足を洗うんだ」

「ごめんね。ごめんね。ごめんね。ごめんね」

床に向かって呪文みたいに唱えるばかりで、明日香は俺を見ようともしない。

「おい、柴田！　明日香ちゃんがこうなったのは、てめえのせいだろ！」リクオが俺の胸ぐらを摑む。「てめえがちゃんと、明日香ちゃんのことを愛してあげねえからこうなったんだよ！」

「私が売人になったのもアンタのせいよ」手嶋も、焦点の定まらない目で俺を責める。「あんたが明日香をフったから、明日香はあんたを見返してやろうとして漫画に打ち込んだのよ。それで私はこのザマよ！　全部、あんたのせいよ！」

「そうだ、すべて君のせいだ！　責任を取れ、馬鹿野郎！」

お義父さんが床に落ちていた明日香の漫画本を俺に投げつけた。

そのとき、怒号とともにキッチンナイフを持った男が現れた。

現在の明日香の夫である、編集者の西田だった。俺と付き合わなかった明日香は、担当者だった西田と恋に落ち、結婚したのだった。

皮肉なものだ。一度目の脱獄では、明日香は俺と結婚していたが、西田と浮気した。今回は逆の立場になっている。

「やっぱりこの家に居たのか。こいつのことが好きなのか？　もうヤッたのか？　おい、何回ヤッたんだよ！」

目が異様なぐらい血走っている。

息をつく間もなく、西田がキッチンナイフを振り上げ、明日香に襲いかかった。

誰よりも早く動いたのはお義父さんだった。明日香をかばい、自ら盾になった。キッチンナイフが、太鼓腹に容赦なく突き刺さる。

「がはっ……ぐう……」

お義父さんが腹を押さえて床にぶっ倒れた。傷口から、みるみる血が溢れ出す。

「きゃああ！」

明日香が悲鳴を上げて、お義父さんに駆け寄った。

「この野郎！」

次に動いたのはリクオだ。呆然としている西田からキッチンナイフを奪い取ろうと腕を摑む。西田が抵抗し、二人が激しく揉み合った。

「柴田！　手伝え！」

そうしたいところだが、キッチンナイフの刃先があちこちに振り回されて、近づくことすらできない。

「オラッ！」

リクオの頭突きが、西田の顔面に炸裂した。グシャリと鼻の骨が折れる音が響く。

ようやくリクオがキッチンナイフを奪い取った。しかし、背の高いリクオのリーチが凶と出た。奪い取った勢いで、キッチンナイフの刃が宙を横に走り、逃げ遅れた手嶋の喉を切ってしまったのだ。

「ひゅう」

手嶋の喉がパックリと割れ、噴水の如く血が噴き出す。

「わああ！　手嶋ちゃん、ごめん！　こいつが悪いんだ！」

リクオがパニックになり、真横にいた西田の胸を刺した。

西田は声も発せずに、崩れるようにして倒れた。

「やめるんだリクオ！」

「柴田……全部、てめえが悪い」

リクオは血まみれのキッチンナイフを俺に渡し、夢遊病者のような足取りでドアから出て行った。

「人殺し！　人殺し！　人殺し！」

明日香が俺を罵り、絶叫しながら逃げた。俺は惨劇の起きた部屋の中で、キッチンナイフを持ったまま動くことができなかった。

今回もダメだった……。全身から力が抜け、途方もない虚無感に襲われる。

これで、またあの刑務所に戻ることになる。何度やっても繰り返すだけだ。

遠くから、パトカーのサイレンが聞こえてきた。

17

ロックグラスのロンサカパがなくなった。

わたしは静かに煙を吐いてひと息ついている柴田を見た。葉巻もだいぶ短くなっている。

「ハードな展開になってきたわね」

妄想とはいえ、酷い。登場人物のほとんどが惨殺されるなんて、まるでスプラッター映画ではないか。

「僕が運命に抗（あらが）った結果です」

「映画みたいには、うまくいかないのね」

若い頃は、安易なハッピーエンドの映画は嫌いだった。都合のいいストーリー運びを見せられると、馬鹿にされた気分になるからだ。しかし、歳を重ねるに連れて、ハッピーエンドも悪くないと思えるようになってきた。

人生は辛い。せめて、銀幕の中くらい、甘い幸せを疑似体験したい。

「人生には脚本がないですから」柴田が顔をしかめる。「まあ、俺が書いたところで陳腐な人生になってしまうでしょうけどね」

そのとおりだ。自分で人生の脚本を書くことができるのなら、わたしは世界を股にかけるスタイリストになって、今頃はＮＹのセントラルパークの真横に住んでいる。

……それは夢物語だとしても、コウちゃんと離婚するなんて思わなかった。

ほとんどの人間が安定を求めて暮らしているはずなのに、予想外の出来事に足を取られてしまう。対処法はひとつしかない。人生には必ず落とし穴が待っている、と心がけておくことだ。要は、穴に落ちてからのショックを軽減できるかどうかなのである。

これから先も、わたしの人生には、思いもよらぬハプニングが起きるだろう。どこかの火事のせいで終電に乗れなかった今夜みたいに、そのときは、羽を休めるバーを探せばいい。

ただ、コウちゃんと別れてから、新しく愛する男を探してはいなかった。諦めているのか、面倒臭いのか、自分でもわからなかった。

柴田と話していて、久しぶりにコウちゃんのプロポーズを思い出した。

あれは、わたしの誕生日だった。

プロポーズされるんだろうな。予感はあった。誕生日は毎年スペシャルな企画を立ててくるのに、今日に限って、二人の行きつけのレストランをコウちゃんが予約したからだ。

その店は恵比寿の明治通り沿いにあるイタリアンで、初めてのデートのディナーのときに、コウちゃんが連れてきてくれた店だ。本店は宮城県にあり、東北産の魚介類をふんだんに使っているのが特徴で、炭火焼きの貝が抜群に美味い。このバーからもそう遠くないはずだ。

「今日も美味かったよな」

パスタの《宮城県産タコのアラビアータ》のあと、メインの《秋田県産メバルのアクアパッツァ》を食べ終えたコウちゃんが、ウットリとした顔で言った。

「うん。最高だったね」

実を言うと、プロポーズがいつ来るかと待ち構えていたので、味に集中できなかったのだが。

「今度の休みにさ、どこか行きたいところある？」

「どの休み？」

唐突な質問に噴き出しそうになった。いつものコウちゃんならば、「デザートは何にする？」と訊いてくるところだ。ここは気づかないフリをするのがレディのマナーだ。

「ほら、来月に連休があるだろ。久しぶりに温泉とかはどうかな」

「どこの温泉がいいの」

「うーん。近場だと、熱海か箱根かなあ。車で行くのは混むだろうけど」

「熱海、いいね。海が見えるし」

「栃木の鬼怒川温泉はどう？　だいぶ前に行ってみたいって話してたよな」

「星野リゾートでしょ？　でも、連休だったら空いてないんじゃない？」

「やっぱり、そうだよな。うーん、どこかいいとこないかなあ」

会話に微妙なぎこちなさがある。そわそわと落ち着きがないコウちゃんの緊張がこっちにも伝染しそうだった。

そろそろ、だな。

サービスが素晴らしいこの店の店員が、ドルチェのメニューを持ってこないのは不自然だ。おそらくコウちゃんは、店ぐるみで何かサプライズを仕掛けようとしている。

先が読めているのに、騙された演技をするのは荷が重い。ドッキリ番組のお笑い芸人さんの気持ちが、なんとなくわかった。

ふいに店内の照明が暗くなった。ジャズだったＢＧＭが、スティービー・ワンダーの『ハッピー・バースデー』に変わる。

どれだけベタなセレクションなのよ。

恥ずかしさに、耳まで熱くなってきた。どういうリアクションを取ればいいのかわからず、固まってしまう。

女性店員が、大皿でデザートの盛り合わせを運んできた。キャンドルが二本立ち、案の定、指輪の箱が皿の真ん中にあった。

「コウちゃん……」

可愛い女ならばここで号泣できるのだろうが、残念ながら色んなことが気になって涙が一滴も出ない。

ヤバい。目の前のコウちゃんがプロポーズを失敗したと思って涙目になっている。

あんたが泣いて、どうすんのよ。

我慢できず、わたしはとうとう噴き出してしまった。

「理々子、何で笑うんだよ」

「だって、白々しく温泉の話なんてするんだもん。時間稼ぎしてたの？」

「そうだよ！　このシーンでそんなこと言うのはやめろよ！」

コウちゃんが、子供のように顔を真っ赤にして口を尖らせる。彼の渾身のサプライズはぶち壊してしまったが、照れる彼が愛おしくて仕方がない。

「温泉なんて行く気ないんでしょ？」

「あるよ！　熱海でも箱根でも鬼怒川でもどこにでも行くよ！」

「岐阜の下呂温泉は？」

「もちろん」

「大分の別府と由布院も行きたい」

「そんなに温泉好きだっけ？」

「結婚したら、旅行をたくさんしたいってこと」

「えっ？　それって、プロポーズ……」

「オッケーに決まってるじゃない」

コウちゃんがガッツポーズをしたのが合図となり、店員全員がシャンパングラスを持ってわたしたちのテーブルを囲んでくれた。

素敵な夜だった。サプライズよりも、コウちゃんの時間稼ぎのほうが嬉しかったのは、内緒だ。

「俺の話に戻ってもいいですか」

いつのまにか、柴田がロンサカパのおかわりを頼んでくれていた。いい加減、酔っ払ってもおかしくないが、柴田の妄想を聞いて脳が活性化したのか、驚くほど頭が冴えている。

「もちろんよ。でも、ひとつだけ約束して欲しいの」

「何でしょう」

「また、わたしと会ってくれる？」

「えっ……俺はかまいませんけど」

「変な風に取らないでね。一年に一回でいいの。この店でお酒を飲みながら、また柴田君の話を聞きたいの」

どうしてそんなことを言い出したのか、自分でも不思議だった。恋に落ちたわけではない。この不幸な男に、何とかして幸せになってもらいたいのだ。わたしが彼の妄想を聞くことで心の傷を少しでも癒せるのなら、手伝ってあげたい。

「年に一度って七夕の織姫（おりひめ）と彦星（ひこぼし）みたいですね」柴田が悲しげに笑う。「どれだけ遠く離れていても、会えるのなら幸せですよ」

「約束できる？」

「わかりました。理々子さんが望むのなら、俺から会いに行きます」

東京で会うのだから、京都から会いに来るのはわたしのほうだ。

まあ、細かいことはいいか。妄想の柴田がどうなったのか早く知りたい。

「明日香ちゃんと親友になれなかったところからだね。また刑務所に戻ったの？」

「はい。運命が俺を許してくれませんでした」

18

極楽プリズンの夜は寝苦しい。クーラーの調子が悪いだけではない。無実の罪で収監され、どの過去にも帰れるというのに、結局は大切な人を救うことができない苛立ちで眠れないのだ。

「今回の明日香ちゃんは、どうやって死んでん？」

暗闇の中、二段ベッドの上から小林が訊いた。トンボは大きな鼾をかいて熟睡している。

俺は自分のベッドで胡座をかき、じっと舎房の壁を見つめていた。

「俺が血まみれのキッチンナイフを持っているのを見てパニックになり、マンションから道路に飛び出してトラックに轢かれました」

「あっけないのう。ほんでシーバが捕まったんか」

「はい……」

お義父さん、手嶋、西田の三人を殺害した容疑で逮捕された。あの状況じゃ、どんなに説明しても信じてもらえなかった。

それに、ここに戻れば可能性はゼロではない。極楽プリズンに来れば、どこにだって行ける。

「これでもう懲りたやろ。運命は人間の思いどおりにはならへんねん」

「わかってますよ……くそっ」

「シーバ、脱獄をまだ続けんのか？」

小林が溜め息混じりで訊いた。

「当たり前じゃないですか」

「で、次はどうするつもりやねん。どの過去に戻るんや。まあ、どの過去に戻っても結果は同じやけどな」

「明日香と出会った日に戻ります」

「そんな日に戻ってどうすんねん。まだ恋も始まってへんやないか」

「その日しか、明日香を助けることができないんです」

　短い沈黙のあと、小林が小さく唸った。

「シーバ、明日香ちゃんに嫌われるつもりなんか。そうやろ？」

「俺のことを好きになったから、明日香が不幸になるんです。好きにさえならなければ、殺されることはない」

「運命を元から断つってわけか。なかなか考えたやないけ」小林が優しい声で訊いた。「でも、ホンマにそれでええんか？　明日香ちゃんの記憶には、お前が嫌な人間として残るねんぞ」

「これしか方法はないですから。明日香が幸せになってくれさえすれば、俺はどうなっても構いません」

　逮捕されてから今夜まで、様々な脱獄のパターンをシミュレーションした。明日香を救えないのはなぜなのか。

　原因は、俺だった。明日香の人生に俺が現れたことが不幸の始まりだったのだ。

「中途半端はあかんぞ。明日香ちゃんに徹底的に嫌われるんやで」

「……わかってます」

「そう簡単に言うけどな。初対面の人にいきなり嫌われるのは難しいで。よっぽどのことをせなあかん。方法は考えてんのか」

「思いつかなくて、ずっと壁を睨んでます。小林さん、女の人って初対面の男に何されたら嫌いになると思いますか？」

「会ったばかりやのに、『金を貸してくれ』って言われたら、ドン引きやろな」

「それは、嫌いになるかもしれない」

当たり前だ。そんな奴がどこにいる？

「ほぼ、カツアゲやけどな」

小林がケタケタと笑う。だが、声のトーンから、俺をリラックスさせるために無理して笑っているのがわかった。

「他には無いですか？」

「そうやな。卑猥な言葉をいきなり浴びせたら、さすがに嫌われるやろ」

「どんな言葉ですか？」

「うーん。淫乱、ヤリマン、メス豚、ビッチ、アバズレとかどうや」

「ありがとうございます。それぐらい、難しいってことですね」

俺は素直に感謝した。小林とトンボは口調や態度はデカいが、我がことのように心配してアドバイスをくれる。

明日香を失った最悪の人生だけど、二人に会えたことと極楽プリズンに収監されたことは、神様が俺にチャンスをくれた証拠だ。

「シーバ、覚悟はできたか？　もし、次がアカンかったら、諦めることができるんか？」

俺は、暗闇の中で拳を握りしめて力強く頷いた。

「これが、最後の脱獄です」

明日香と初めて会ったのは、友達の結婚式の二次会だった。その日はとても寒い冬の日曜日で、同じく招待されたリクオと、コートのポケットに手を突っ込みながら、新宿にあるダイニングレストランに向かったのを覚えている。

四度目の脱獄に成功した俺は、九年前の新宿に舞い戻っていた。店に入ると、間接照明の薄暗い立食パーティーの中を所狭しとナンパするリクオが目に入った。

そうだ。アイツのナンパがきっかけで、明日香と知り合ったのだ。

俺はカウンターの端で距離を取り、リクオの動向を見守った。

「手嶋ちゃんって、漫画家を目指してんの？　マジ？　さっきちょうど出版社の人と知り合ったばかりだよ、オレ。紹介してあげるよ」

「私なんて何も描いてないし、迷惑だからいいよ」

「ダメ元で売り込んじゃえよ。何が起こるかわからないじゃんか」

薄いピンクのワンピースを着た手嶋に、リクオが声をかけている。手嶋はまだ学生だ。知らなかった。あのベストセラー漫画家のきっかけを作ったのはリクオだったのだ。

手嶋の横にビールのグラスを持った明日香が現れた。くっきりとした青いドレスに、髪をロールアップし、黄色い花のアクセサリーをつけている。記憶どおりの服装だ。

あの日、リクオが明日香と話をしているところに俺が合流し、連絡先を交換したのだ。お互い、一目惚れではなかったと思う。でも、何となく気になって、後日連絡したのだ。

「手嶋ちゃん、どうしたの？」明日香が訊いた。

「この人が出版社の方を紹介してくれるんだって」

「リクオです。よろしく！」

リクオが馴れ馴れしく握手を求める。初対面でもこの距離感のなさが、リクオの凄いところだ。

「あ、明日香です」

人見知りの明日香が、苦笑いで握手を返す。

「明日香ちゃんも漫画家なの？」

「いや漫画っていうか……イラストレーターになれたらいいなって」

「でも絵が上手いんだろ？　すげえじゃん！　二人にいい人を紹介してあげるからね。どこ行ったっけ？」リクオがパーティー会場をキョロキョロと見渡した。「あ、いた！　すいませーん」

リクオがスーツ姿で生ハムを食べている西田を見つけて、引っ張ってきた。

あのとき、西田もいたのか……。

運命の導きに寒気がしてきた。俺、明日香、リクオ、手嶋、西田。この面々が運命を変えても複雑に絡み合うなんて、誰が想像できるだろう。

「なんですか」西田が迷惑そうに眉を顰める。

「初めまして。さっき、あなたが話してるのを盗み聞きしちゃったんですけど、出版社で働いてらっしゃるんですか？」

「はあ。そうですけど」

「この子たち漫画を描いてるんです！　とっても、上手なんです！」

リクオが、明日香と手嶋を紹介した。二人の絵を見たこともないのにいい度胸だ。

「は、初めまして、手嶋です」

「木内明日香です」

緊張でガチガチの二人が挨拶をする。

「二人とも学生？」

西田が早くも上から目線のオーラを発動した。弱い者には強く、強い者にはひれ伏すクズ野郎だ。

「は、はい！」

「漫画家を目指してるの？」

「はい。短編ですけど、何本か描いてます」

手嶋が、応援団みたいに直立不動でアピールした。

手嶋にもこんな時期があったのか。売れっ子で態度が横暴な彼女を知っている俺の目には、彼女の初々しさが新鮮に映った。

「へえ。どんな話？」

「タ、タイトルは『恋してごめんね』っていうんですけど。魔女の血を引く少女のラブコメです」

「ふうん。今度、読ませてよ」

西田が生ハムの皿をテーブルに置き、名刺を手嶋に渡した。

「やったじゃん！　やっぱりオレの直感は間違ってなかったぜ。もしかしたら天才の原石だったりして」

リクオが調子に乗ってはしゃぐ。

まさか、本当に手嶋が天才として羽ばたくことになるとは夢にも思っていなかっただろう。あのとき俺とリクオは、明日香とは仲よくなったが、手嶋とはならなかった。数年後のクリスマスに超売れっ子になった手嶋とバッタリ会うことになるわけだが、彼女とここで最初に出会っていたことを完全に忘れていた。

明日香は、自分と比較されるのを怖れていたのだろう。だから、同級生の手嶋が売れたことを、俺やリクオには隠していたのだ。

「君は何か描いてないの？」西田が明日香に訊いた。

「わたしは……あの……」明日香が真っ赤な顔で口籠（くちごも）る。

「明日香ちゃんはイラストレーターを目指してるんですよ！」リクオが余計な援護射撃をした。

「ちょうどよかった。新人のイラストレーターを探してたんだよ」

「マジっすか！　明日香ちゃん、超強運じゃん！」

「文芸誌に載せる挿絵を描いて欲しいんだけど、筆は速いほう？」

「は、はい！　頑張ります！」

嘘だ。明日香は決して器用なタイプではない。ギャラの安いたったひとつのイラストのために、何パターンもアイデアを出して、寝る時間と精神を削る。

「じゃあ、いくつか絵を送ってよ」

「ありがとうございます」

明日香が引き攣った笑顔で、西田の名刺を受け取った。

ここが、運命の分かれ道だったのか。

このとき、明日香が自分も漫画家になりたいと勇気を持って申し出れば、人生が変わったのかもしれない。

「今度、時間があれば三人で食事でもしようか。業界の人を紹介できると思うし」

西田が、明日香と手嶋を誘った。

「本当ですか！　ありがとうございます！」

手嶋がピョンピョンと飛び跳ねて喜ぶが、西田は見ていない。

獣が獲物を狩るような目で、ワンピース姿の明日香の全身を舐め回している。確信した。

明日香にイラストの仕事を出したのは、西田が明日香を狙っていたからだ。

もしかして……こいつが、明日香を最初に殺した犯人なのか？

明日香の周りで、唯一、動機のある人間だ。編集者なら、早朝であっても明日香が部屋に招き入れたのも納得できる。

明日香は、キッチンで背中を刺されて死んでいた。争った跡がなかったのは、犯人が明日香の知り合いだったからだ。

「じゃあ、私はこれで。映画化が決まった作品の顔合わせが六本木であるんだ。君たちの作品もいずれ世に出るといいね。夢を叶えろよ」

西田がわざわざキザな台詞(せりふ)を残して去っていった。追いかけて背中に飛び蹴りを食らわせてやりたい。

いや、堪えろ。そんなことをしても、運命は変えられない。

「リクオ君だっけ？　ありがとう！」

「……ありがとう」

テンションの高い手嶋に対して、明日香は冴えない表情だ。この店で、明日香の心の中をわかっているのは俺だけだ。

どうして、付き合っている頃、もっと明日香を見てあげなかったのだろう。あんなに近くに、手を伸ばせば抱きしめられる距離にいたのに。

「恩人に向かって『だっけ？』ってひどくない？」リクオがチャラける。「みんなで乾杯しようぜ！　あっちにシャンパンがあったから取ってくる」

「私も行く！」

「オレンジジュースがあれば、ミモザも作れるぜ」

リクオと手嶋が明日香を残して、カウンターへと向かった。

明日香は軽い溜め息をつき、疲れた顔で、店の隅の誰も座っていないソファに腰を下ろした。

今だ。チャンスはここしかない。

俺は明日香に近づき、隣に座った。

「初めまして」

「……どうも」

明日香が警戒した目で俺を見る。

「柴田と言います」

「明日香です」

嫌われろ。明日香が、俺と二度と会いたくならないように徹底的に嫌われるんだ。

「金を貸してくれ」

俺は、小林のアドバイスに従った。

「はい？」

「金を、貸してくれ」

「どうぞ。大した額は入ってないですけど」

明日香が戸惑いながらも財布を取り出し、俺に渡した。

「えっ？　貸してくれるんですか？」

「普通なら絶対に貸さないですけど、何か、あなたはいい人そうだし。使ってください」

……どういうことだ？　ありえないだろ？

運命が働いているのか。明日香は何があっても俺に惹かれてしまうのか。汚い言葉は使いたくないが、最終手段に出るしかない。

「淫乱、ヤリマン、メス豚、ビッチ、アバズレ」

精一杯、罵倒した。しかし、明日香はニッコリと笑った。

「すっきりしましたか？　たまには暴言も吐きたくなりますよね。そんなに辛いことがあったんですか？」

どうすればいいんだよ！

明日香に嫌われるために脱獄したのに、これからの人生で二度と会わない覚悟でここまで来たのに、愛しくて苦しくて心が張り裂けそうだ。

「どうして泣いているんですか？　わたしでよければ話聞きますよ？」

気がつくと俺はボロボロと泣いていた。

明日香が優しく背中を擦ってくれる。手を伸ばせば、明日香を抱きしめられる……。

中途半端はあかんぞ。明日香ちゃんに徹底的に嫌われるんやで。

小林の言葉が、頭の中で響いた。

さようなら、明日香。

俺は泣きながら手を伸ばし、明日香の胸をキツく揉んだ。

「きゃああ！」

逃げようとする明日香に追い打ちをかけてさらに胸を揉みしだく。

「いい加減にしてよ！」明日香がソファから立ち上がり、俺の頰を強く張った。「警察、呼びますよ！」

「俺のこと、嫌いになってくれましたか？　嫌いになってください！　お願いだから……嫌いになってくれよ！」

「意味がわかんない！」

「わからなくてもいいから……嫌いになってください！」

涙で顔面がグシャグシャになり、何も見えなかった。店内の人間がどんな目で俺を見ようが関係ない。

明日香、元気でな。俺よりもいい男を見つけて、幸せになれよ。

「嫌いも何も、会ったばっかりやんか」

「やんか？」

また、関西弁だ。主婦になった明日香が、子供たちを虐待したときも使っていた。

俺はフラリと立ち上がった。

「近づかんといてや！　もっかいシバくで！」

「明日香の出身は埼玉のはずだろ？」

「なんで、そんなこと知ってんのよ？」

「関西に住んでいたことがあるのか？」

「あんたには関係ないやろ。キモいねん」

「頼む！　教えてくれ！」

俺は土下座をして床に額を擦りつけた。

「胸、揉んだあとに土下座って、どんだけ変態なんよ」明日香がドン引きしている。

「出身を教えてください！」

「小学校五年生までは大阪。それから埼玉に引っ越した」明日香が俺の勢いに負け、標準語で答えた。

「どうして隠してたんだよ」俺は顔を上げた。「普段、関西出身ってことを隠して生活しているだろ？」

「父親が嫌いだったからよ。離婚して、母親の実家がある埼玉に移ったの」

「お父さんは大阪の人？」

「あの人のことは話したくない」明日香が嫌悪感剝き出しの顔で吐き捨てた。

「頼む。教えてくれ！」

「思い出したくないの！　あんたみたいな変態だったのよ」

「虐待をされたのか？」

「何もされてないわ。あの人が自分を偽って、わたしたち家族を騙し続けていただけ」

「偽る？」

「変態のくせに、厳しい父親のフリをしてたの」明日香が髪を振り乱して叫んだ。「若い男が好きだったの。若い男との浮気が発覚して離婚。どれだけ、私が傷ついたと思う？　しかも、その男はヤクザ映画に出てくるような典型的なチンピラだったのよ。パンチパーマだったのよ！」

「パンチパーマ……」

「それなのに父親は、陰でいつもわたしの機嫌を取るためにお菓子で釣ろうとするの。ハイチュウばっかり食べさせようとするから、トラウマで食べられなくなったわ」

「ハイチュウ……」

俺はショックのあまり、まともに立てなくなった。店全体がグルグルと回っている。

「どう？　最悪な思い出でしょ。自慢の父親だったのに。私と違って賢くて、大学で脳の研究をしていたの……」

「明日香。もしかして、君の旧姓は、小林なのか？」

「だから、何で知ってんのよ」明日香が怯える。「ストーカー？」

「お父さんの彼氏は、トンボって呼ばれている？」

「あなた……超能力者なの？」

「俺は二人と知り合いなんだよ。同じ刑務所に服役していたんだ」

「刑務所？」

「そこから脱獄してきたんだ。小林さんとトンボにアドバイスを受けて」

「何を言ってるの？　それ、いつの話よ」

「今日なんだ。説明するのが難しいけど、その刑務所は脱獄が自由にできて、しかも、時間を巻き戻すことが可能なんだ」

「かわいそう。病院に行ったほうがいいよ」明日香が同情した目で言った。

「違う。信じられないけど、現実なんだよ」

明日香が俺に背を向けて店を出て行こうとする。

「明日香！　俺は君のお父さんに会ったんだよ！」

明日香が立ち止まり、悲しそうな顔で振り返る。

「無理よ。あの人はこの世にいないもん」

「えっ？」

「わたしが小学五年生のときに、車の事故で死んだの」

「助手席には、恋人のチンピラが乗っていたわ」

「嘘だ……」

「嘘をついているのはあなたよ」

「……本当に、二人に会ったんだ」

「会えるとしたら、そこは天国だよ」

目眩が止まった。あれだけ騒がしかった客が消え、店には明日香と俺しかいなかった。

天国……。

靄がかかったかのように目の前が白くなる。悲しげな目で俺を見つめている明日香が消えていく。

「嫌だ。明日香！　どこにも行かないでくれ！」

俺は叫んで明日香を抱きしめようとしたが、もうそこに愛する人はいなかった。

19

「極楽プリズンへようこそ」

小林の声で、我に返った。

結婚式の二次会の店にいたはずの俺は、刑務所の舎房に立っていた。小林の隣にはトンボもいる。

「死んだのは俺の方だったんですね」

どうりで、ありえないことが連続で起きていたわけだ。死んでいるからこそ、時間が巻き戻り、何度も人生をやり直せたのだ。

これが死後の世界？

実感がなかった。あるわけない。どうやって自分が死んだのか、まったく思い出すことができなかった。

「あの日の朝、シーバはコンビニに出かけようとした」

小林が、俺の心を読み取って言った。

明、、、、、、、、、日香が最初に殺された日だ。彼女は、二人が同棲していた下北沢のボロマンションで背中をキッチンナイフで刺されて死んでいた。

俺は朝食で使う卵をコンビニで買うために、明日香を一人にしてしまった。

「靴の紐が解けとったやろ」

「えっ？」

「スニーカーの靴紐や」

小林の質問に記憶が鮮明に蘇る。

柴田くん、靴紐が解けてるよ。

明日香の最後の言葉だ。俺はしゃがみこんで靴紐を結んだ。顔を上げると玄関のドアは閉まっていて、明日香はいなかった。

「はい……マンションの廊下で結び直しました」

「シーバが殺されたんはそのときや」

「お、俺が殺されたんですか？」

「ああ。背中をナイフで刺されたんや」小林が微かに顔を歪める。「即死やったから何も覚えてへんねん」

「嘘だ……」

「嘘じゃねえよ。死んでいるから、おいらたちはここにいるんだよ」

トンボが悟り切った表情で俺を見る。

受け入れろ。彼の目はそう語っていた。

本来ならば、受け入れることなんてできないはずだ。だが、脱獄で体験したいくつもの人生が無理やり俺をねじ伏せようとする。

俺は殺され、小林とトンボは事故で亡くなった。運命は変えられない。変えようがないのだ。

「あの朝、俺がコンビニから帰って、殺されていた明日香の姿を見たのはどうしてなんですか。だって、俺はコンビニに行く前に殺されたんですよね」

「準備や」小林が答える。

「何の準備なんですか」

「シーバにとって一番大切なものを再確認するためや。そのために脱獄し、色んな明日香に会いに行った」

「でも、すべて幻だったんですよね」

「そうや。過去に戻って何年も過ごした感覚があるやろうけど、時間はほとんど過ぎてへん。シーバが命を落としたんは昨日のことやねん」

「わけがわかりませんよ！」

つまり、二十四時間も経っていないというわけか。明日香のために何度も脱獄したのに、いったい意味があったのか。

「時間の観念は捨てなあかん。それは学んだやろ」

「待ってください。混乱して吐きそうです」

「実際には吐くことはできねえけどな」トンボが肩をすくめる。

「魂の記憶がそう感じさせるだけや。本来なら、肉体が存在しないワイらは、腹は減らへんはずやし、眠らんでもええ。ただ、人間らしく生きたい願望が残ってるだけやねん」

「待ってくれって言ってるだろ！　うんざりだ！　アンタらは納得していても、俺は死んだばかりなんだよ！」

俺は自分の髪を摑んで怒鳴った。金髪がブチブチと音を立てて抜けるが、痛みはまったく感じない。

「落ち着けって！」

トンボが俺に触れようとしたが、俺はその手を払って駆け出し、コンクリートの壁に頭から激突した。

何も感じない。

どれだけ壁に頭を打ちつけたところで、痛みもなければ傷ひとつできなかった。今度は拳で殴った。拳が砕ける強さのはずなのに、壁のほうがポロポロと崩れていく。

「シーバ……」

「気が済むまでやらしたれ」

トンボと小林の声が耳に入ったが、俺は壁を殴るのをやめなかった。

五分後、俺は大の字に寝転がっていた。天井を眺めたまま二人に訊いた。

「正直に教えてください。明日香は生きてるんですか？　死んでいるんですか？」

「娘は生きてる」小林が静かな声で言った。「殺されたんはシーバだけや」

よかった……。俺は目を閉じた。

安堵感と途方もない悲しみが、同時に訪れる。死んだ俺はもう二度と、本物の明日香と会うことはできないのだ。

自分に自信がなかったイラストレーターの明日香。売れっ子の漫画家となり、セレブになった明日香。主婦になり、子供たちと遊ぶ明日香。親友関係になって離れ離れになった明日香。初めて出会った日の明日香。

俺は、すべての明日香を愛していた。

目を開けて、ゆっくりと体を起こした。

もうひとつ、知らなければならない事実がある。

「いったい、誰が俺を殺したんですか」

20

「俺を殺した人間は、ずっと俺の近くにいたんです」

柴田が、飲み干したばかりのロンサカパのグラスをカウンターに置いた。

「えっと……」

わたしは、さすがに返しに困った。

話の途中で五人のグループ客が入ってきて、店内が騒がしい。サラリーマン三人と水商売風の女二人で赤ワインのボトルを注文し、フードメニューのチーズの盛り合わせの中で、どのチーズが一番美味しいのかをゲラゲラ笑いながら議論している。

「理々子さん。これでも僕の話を信じることができますか」

「柴田君、死んだの？」

「はい。今も死んでいます」

大真面目な顔で、柴田が答える。

「なるほどね……」

話がどんな展開になっても、絶対に憐れんだり蔑んだりしないと約束した手前、笑い飛ばすこともできない。それに、柴田は最初から冗談を言っている雰囲気ではないのだ。

「殺されたのは明日香ではなく、俺だったんです」

「驚きの展開ね。どんでん返しってやつ？」

昔、コウちゃんと観た映画で、そんな物語があった。主人公が、自分が死んでいたことにラストで気づくのだが、隣にいるコウちゃんが「やっぱり。そうだと思ったんだよなあ。台詞が不自然だったもんな」と得意げにブツブツ呟いたので、わたしは映画館から憤慨して帰った記憶がある。

「まだ、話は終わっていません」

「犯人探しが残ってるもんね。その前に気になることを訊いてもいい？」

「どうぞ」

「柴田君は幽霊なわけ？」

「厳密には違います」

何がどう違うのだろう。自分のことを死んだと思い込んでいるのにはきっと理由があるはずだ。

柴田は、愛する恋人の死を受け入れられず、頭の中で物語を作っている。

インターネットの記事で読んだことがある。「宇宙人に誘拐されて、ＵＦＯで人体実験をされた」と告白する人々の中に、幼少の頃、父親や周りの大人から性的虐待を受けていたケースが少なくない。ありえない記憶とすり替えて、辛い過去を封印する自己防衛反応だそうだ。

柴田も、明日香の代わりに自分が死んだと思っているのだろうか。

否定してはいけない。幽霊と酒を飲むなんて、この先の人生でもないことなんだから、楽しめばいいではないか。

「柴田君を殺した犯人を、わたしが当ててもいい？」

「名推理をお願いします」

柴田が探偵ごっこに乗ってくれる。

「容疑者は四人いるわ」わたしは、わざと芝居じみた口調で言った。「柴田君の幼馴染のリクオ、編集者の西田、漫画家の手嶋ちゃん、あともう一人は、明日香ちゃんのお義父さんね」

「どうして、そう思うんですか」

「柴田君が、何回別の人生を疑似体験しても、その四人が出てきたからよ」

「鋭いですね。たしかに、あの四人は俺も怪しみました」

「幼馴染のリクオは、実は明日香ちゃんのことが好きだったんじゃないの？」

柴田との友情が壊れるのを恐れて、明日香への想いをひた隠しにしていたリクオ。少女漫画でよくある三角関係だ。

「リクオからはそういう空気は感じていました」

柴田が、溜め息混じりに頷く。

「いつも柴田君の家に遊びに来ていたのは、明日香ちゃんに会いたかったからだよ」

「俺……リクオを苦しませていたんですかね」

「それはわからないわ。片想いはどんな状況だって苦しいわ」

柴田さえいなくなれば、明日香が自分のものになる。そんな動機で幼馴染に手をかけるというのは考えにくい。

しかし、刃物で背中を一突きしたという状況を見ると、「柴田の顔を見たくなかったから」ということが考えられる。それに、柴田と明日香が同棲していたマンションに頻繁に来ていたリクオなら、建物の構造を把握しているだろうから、身を潜める場所や防犯カメラの位置、柴田と明日香の行動パターン、他の住人が姿を見せない時間帯なんかもわかっていたはずだ。

怪しい人物を選ぶのなら、四人の容疑者の中ではリクオが一番だ。

「編集者の西田はどうですか？」

「西田は完全に明日香ちゃんに恋してたんでしょ？　無理難題のイラストを明日香ちゃんに描かせていたのは、きっと相手の気を引くためね」

「よくわかりますね」

「わかりやすいわよ」

西田は、柴田君が人生をやり直す度に、明日香と浮気をしたり結婚したりしていた。器用な性格なのか、不器用なのか、判別できない。四人の容疑者の中では一番、情緒不安定な印象がある。西田はプライドが高い男だろうから、フリーターの柴田のことを、心の底では馬鹿にしていたはずだ。

なんで柴田みたいな冴えない男と明日香が一緒に住んでるんだ？　柴田さえいなくなれば、明日香は俺のものになる。

西田が犯人ならば、これが動機か……。弱いような気がする。リクオもそうだが、たったそれだけで、普通は殺人なんか犯さない。

だとすれば、残りの二人のどちらが犯人なのか？

ちょっと待って。わたし、結構マジで推理してるんだけど。

笑いそうになって、懸命に堪えた。だって、殺された被害者は、隣で美味そうに葉巻を吸っている。

奇妙な夜だ。

たまたま、火事のせいで終電を逃し、このバーに流れ着いた。そして、恋人を失った悲劇の男を癒やすために、彼の妄想話に付き合っている。

でも、癒やされているのはわたしのほうではないか？

コウちゃんに会いたい。今すぐに会いたい。

柴田と明日香の話を聞いているうちに、無性にそう感じた。葉巻とロンサカパのせいで酔ってもいるが、柴田のひたむきな愛に触発されたのかもしれない。

わたしは、コウちゃんを愛していた。コウちゃんもわたしを愛していた。だから、結婚した。

妊娠を知ったとき、わたしはとてつもない不安と、とてつもない幸福感との板挟みになった。コウちゃんは、表面上は喜んでいたが、内心では絶対にテンパっていたと思う。頬をピクピク痙攣させて、「オレ、もっと頑張るよ」と言ってくれたのがとても嬉しかった。

出産のとき、コウちゃんは立ち会ってくれた。難産ではなかったが、何せ初めての経験なので、コウちゃんはちょっとしたパニックになっていた。もうすぐ赤ん坊を産むわたしの方が、「大丈夫だってば」と励ますほどだった。

　いよいよ、生まれるときになって、会陰切開をすることになった。赤ん坊が出てくる膣の入り口と肛門の間をハサミでカットするのだ。お産が長引くと赤ん坊の心拍数が下がるし、母体にとってもよくない。それに、赤ん坊が出てくるときカットしておかないと会陰裂傷が起きる。

　ただ、会陰切開は助産師では処置できず、医師が行わなければならない。

「先生を呼んできて」

　三人いる助産師のリーダー格が、新人に指示を出した。たったそれだけのことで、コウちゃんは狼狽えた。

「どうしたんですか？　何か問題でもあったんですか？」

「大丈夫です。カットしたほうが、赤ちゃんが出てきやすいので」

「つ、妻のアソコを切るんですか？」

　こんなときに、「アソコ」とか言わないでよ！

　コウちゃんの無神経さにぶん殴りたくなる。産むのはこっちなんだから、立ち会うならばちゃんと励ましてくれ。

「先生はまだ？」

リーダー格の助産師が、苛ついた口調で新人に訊いた。

「さっき連絡はしたんですけど……」

深夜のせいか、会陰切開の先生の到着が遅れていた。

「まだなんですかね？　まさか仮眠してるとかないですよね？」

よせばいいのに、コウちゃんが横から口を出す。

そこに、突然、中年の助産師が入ってきてリーダー格の肩を叩いた。

「あなた、交代の時間が過ぎてるわよ。組合がうるさいから早く代わりなさい」

「い、今、代わるんですか？　もうちょっとで赤ん坊が出てくるんですよ！」

コウちゃんがさらにテンパり、素っ頓狂な声を出す。

「組合の決めごとなので……」

「何の組合ですか！　妻が死んだらどうするんですか！」

死なないわよ。

「コウちゃん」わたしはなるべく優しく言った。「邪魔だから出て行って」

無事に出産したあと、コウちゃんは生まれたばかりの赤ん坊を抱いて、おいおいと泣いた。

「よかったな。頑張ったな。小さいのに奇跡を起こして偉いぞ」

その姿を見て、助産師がクスクスと笑っている。

産んだのはわたしなのに……。

主役の座を奪われたみたいで、合点がいかない。

「ママも死ななくてよかったよなあ」

だから、死なないってば。

……まあ、いいか。苦笑して、自ら納得させるしかない。わたしを愛しているからこそ、パニックになっていたんだろうし。

子供ができて、強く思う感情がある。わたしとコウちゃんはどちらかが先にこの世を去る。もし、コウちゃんを失いそうになったとき、わたしはパニックになるのだろうか。

「漫画家の手嶋ちゃんを容疑者の一人にしたのはどういう理由ですか」

柴田の質問に、わたしは回想から現実に引き戻された。この男と話をしていると、コウちゃんのことを思い出してならない。

さあ、推理に戻ろうか。

「手嶋は、明日香ちゃんの才能を恐れていたんじゃない。明日香ちゃんが漫画家になって売れたら、自分の仕事が無くなってしまうとか」

「だったら、明日香を殺すはずなのに、なんで俺を？」

「明日香ちゃんを殺したら、関係が直接すぎて犯人が特定されやすいでしょ。だったら、明日香ちゃんが立ち直れないようにすればいい」

「明日香に精神的なダメージを与えるために、俺を殺したんですか」

「ちょっと動機に無理があるかしら」

「手嶋ちゃんからは、まったくそういう気配は感じなかったです」

　柴田が眉間に皺を寄せて、首を傾げる。

「人は見かけによらないからね。まあ、手嶋ちゃんに会ったことがないからわからないけど、柴田君の話を聞いていたら、彼女は漫画を描くために生まれてきたような人に思えたの。自分の思いどおりに漫画を描けなくなるぐらいなら、平気で悪魔に魂を売りそうな感じがするっていうか」

「何となく理解できます。明日香が売れっ子になったとき、手嶋ちゃんは絵に描いたように落ちぶれましたからね」

　嫉妬は、思わぬ方向に人間を動かす。それほど、強烈な感情だ。

　そして、明日香は、手嶋にないものを持っていた。柴田という恋人だ。

「明日香ちゃんのお義父さんは容疑者から外してもいいかも」

「どうしてですか？」

「だって、明日香ちゃんが悲しむようなことをするかしら。介護疲れで精神状態が普通ではなかったとか……？　でも、結婚に反対してたとしても、だからって、柴田君を殺しはしないでしょ」

「俺も、そんな理由は嫌です」柴田が自虐的に笑う。「まあ、明日香はよくお義父さんと電話で喧嘩をしていましたけどね」

明日香のお義父さんが、己の人生を「こんな風になるハズじゃなかった」と後悔して過ごしていたとしたら……。お義父さんなりに追い詰められていたのならば、凶行に走る可能性もゼロではないかもしれない。もっと自由に生きたかった。がんじがらめで息苦しい。そう感じることは、誰にだってある。精神的に追い詰められている人の行動は、時に、正常な精神状態の人の想像を易々と超える。

だが、だからといって、娘の恋人を殺すというのには、うまく結びつかない。

「さあ。四人の中で、誰が俺を殺したと思いますか」

柴田が、クイズの司会者みたいに訊いた。

「消去法でいい？」わたしは二杯目のロンサカパを飲み干して、柴田のグラスの隣に並べた。

「まず、手嶋ちゃんを外すわ」

「どうしてですか？」

「いくら明日香ちゃんがおもしろい漫画を描こうとも、手嶋ちゃんがそれを上回る作品を描けばいいわけじゃない。復讐の手段は明快なわけだから、無理して柴田君を殺さないと思うわ。そもそも、手嶋ちゃんが柴田君を殺す理由を考えても、あまりにまわりくどすぎる」

「なるほど」柴田が頷く。「次に外す容疑者は誰ですか」

「明日香ちゃんのお義父さんね」

わたしは即答した。

「ですよね」柴田も同意する。

「柴田君の話では、お義父さんは明日香ちゃんを溺愛しているもの」

やはりどうしても、お義父さんが犯罪に手を染めるとは思えない。

「残りは二人ですね。俺の幼馴染のリクオと、明日香の担当編集者の西田です」柴田の顔に、微かに険しさが見えた。「どちらを外しますか」

「西田ね」

「どうしてですか？」

「勝手なイメージだけど、西田にそんな度胸があるとは思えないの。プライドは高いかもしれないけど、張り子の虎だと思ったのよね」

「確かに、理々子さんのイメージどおりの男ですよ」

柴田が、嬉しそうに笑った。

「でしょ？　柴田君の話に出てくる度にムカついたからね」

西田みたいな自信家だったら、柴田のことを「俺が殺すまでもねえか！　あんなショボい男！」と思うはずだ。「いつか明日香にフラれるに決まってんだ。明日香が売れっ子の漫画家になれば、柴田なんか簡単に見捨てるはずだ。それまで、いつまでも待ち続けてやる」くらいな勢いで、仕事に打ち込むような気がする。

「では、俺を殺した犯人はリクオですか？」

「消去法ではそうなるんだけど……」

「けど？」

「リクオも違う気がするの。何よりも、明日香ちゃんの悲しむ顔を見たくないはずでしょ。それにリクオは、柴田君のことも大好きだってわかるし」

「理々子さんの推理では、四人ともシロってことですね」

「お手上げだわ。名探偵は無理みたい。話に出てこなかった人しか考えられないわ」

「正解です」

「えっ？」

柴田が、血の気の失せた冷たい顔で言った。

「俺を殺したのは、俺の人生にまったく関係のない人物でした」

21

「いったい、誰が俺を殺したんですか」

体を起こした俺は、小林とトンボに訊いた。

「ホンマに知りたいか？　知ることによって、余計に辛くなるで」

「かまいません。教えてください」

小林に言われるまでもなく、知らなくて済むなら知らないほうがいいということくらいはわかっている。それでも、訊かずにいられない。

「あの日の朝、シーバは靴紐を結び直したな。隣の部屋のドアの前でしゃがみこんだやろ」

「はい……」

そこまで記憶が定かではないが、隣の部屋のドアに背を向けてしゃがんだ気がする。

「隣の部屋の住人を覚えているか」

「二十代後半のカップルです。ほとんど会わないのでよく知らないですけど。たぶん、俺と明日香みたいに同棲していたと思います」

カップルの男はバンドマン風で、エレベーターで遭遇したときギターケースを持っていた。女は、バンドのファンといったところだろうか。

「そのカップルの女がお前を殺したんや」小林が、顔色ひとつ変えずに言った。

「はい？」

「カップルの男の方が浮気をしとってん」

「えっ⁉　そ、それで、なんで俺が！」

「勘違いされたんや。隣に住んどった男も、たまたまシーバと同じ金髪やったやろ？　シーバがしゃがんでたから顔が見えんかってん」

「そんな……俺は靴の紐を結び直していただけですよ。たったそれだけで、どうして殺されなくちゃいけないんですか」

頭の中が真っ白になった。言葉にできない絶望感が容赦なく襲ってくる。

隣に住んでいた女を恨みたくても、顔すらはっきりと覚えていない。

「そんなもんや。人生は、あっけなく終わるもんや。運命は、誰も避けることはできへんねんから仕方ない」

小林が薄っすらと笑みを浮かべたが、切なくなるほど悲しい目をしている。

「おいらと小林さんが死んだのも、あっけなかったぞ」トンボも優しい声になる。「車で信号待ちをしていたら、居眠り運転のトラックがいきなり突っ込んできたんだ。それで、終わり。リモコンでテレビの電源切るみたいに一瞬で人生にさよならだ」

俺の人生も終わったんだ。クソみたいな死に方で終わってしまった。

人生は映画じゃない。脚本なんかない。クライマックスもハッピーエンドも迎えずに、強制的に終了する。

そんなことはわかっていた。誰もが知っている現実だ。だからこそ、毎日を悔いのないように生きなければいけなかったのに、俺は時間を食い潰していた。

自業自得だ。明日、死ぬかもしれないと思って生きなかった俺が、悪い。

大きく息を吐き、湧き上がるすべての感情を無にした。小林とトンボの助言どおり、死を受け入れるしかない。

「ありがとうございます」

俺は立ち上がり、二人に深々と頭を下げた。

「何の礼や」

「俺なんかに色々と教えてくれて。二人がいなかったら、自分が死んだことにすら気づかなかったかもしれません」

「いい根性してるじゃねえか、シーバ。見直したぜ」

「明日香が無事で本当によかった……だから、受け入れることができたんです」

小林の顔が大きく歪んだ。トンボも顔を伏せる。

突如、舎房が緊迫した空気に包まれた。

「まさか……無事じゃないんですか？　あ、明日香の身に何があったんですか？」

死んでいるはずの体なのに、心臓がバクバクと鳴る。

小林が重たい息を吐き、口を開く。

「娘は、今、病院の屋上におるねん」

「屋上？　どこの病院ですか？」

「シーバが救急車で運ばれた病院や。明日香は、愛する者を失って絶望してるんや」

「俺が死んだから……」

病院の屋上から飛び降りようとしている奴は、脳の中のセロトニンを増やさんと、えらいことになってまうんや。

小林と初めて会ったときに教えられた。それを聞いたときは、小林の見かけによらない博識ぶりに驚くと同時に、屋上の喩えがなぜ病院限定なのか、疑問に感じた。

そうだったのか。

「明日香は死んでしまうんですか？」

「このまま病院の屋上から飛び降りてもうたらな」

「嘘だろ！」俺は二人に迫った。「何とかして助けることはできないんですか！」

そんなことがあってたまるかよ！

俺の人生が終わったせいで、明日香まで死ぬなんて、絶対に嫌だ。

「ひとつだけ、方法があるで」

「教えてください！」

小林が俺の肩に手を置いた。

「シーバ、お前が助けるんや」

「どうやって？　俺は死んでいるんですよ」

「ここは極楽プリズン。いつでも脱獄できる。どこにでも好きな場所に行ける」小林の指が俺の肩に食い込む。「お前しかおらへんねん。頼む。脱獄してくれ」

「脱獄して、どこに行けばいいんですか？」

「娘の脳の中や」

「脳？」

「そう。脳みそだよ」

トンボが、人差し指で自分のこめかみをトントンとノックする。

「そ、そんなところに行けるんですか。でも、いくら脱獄しても、俺は幻覚を見ているだけなんですよね」

「そうや。だから、明日香にも幻覚を見せるんや。明日香の感情を誘導して、シーバの意識とシンクロさせれば可能や」

「は？　シンクロって何ですか？」

　言っている意味がまったく理解できない。

「シーバが脱獄して人生をやり直すことができたんは、わいとトンボがシーバの脳に入って意識を誘導したからやで」

「ゴチャゴチャ言うなよ！　やるしかねえんだよ！」苛ついたトンボが急かす。

「明日香の脳の中に入って、どうすればいいんですか？」

「前にも説明したやろ、人間がおかしな行動を取るときは、セロトニンが不足してるからや。自殺する人間の脳も、セロトニンが圧倒的に少ない」小林が口早に説明する。「一刻も早く、明日香のセロトニンを増やさないと、取り返しのつかないことになってしまうねん」

「どうすれば、セロトニンが増えるんですか」

「まずは規則正しい生活が基本やな。早寝早起きして太陽の光を浴びる。ほんで、リズミカルな運動がいい」

「それを俺が明日香にさせるんですか？　屋上にいる明日香の脳内で？」

「そういうこっちゃ」

かなり難易度が高い。健康的な生活は、明日香が最も苦手とするものだ。一日だけならまだしも、習慣としなければ意味がない。そもそも、普段やっていないことを脳内でイメージさせるなんて、可能なんだろうか？

「あとは食事やな。マグロ、大豆、ひじきが効果的や」

「明日香は、コンビニで買ってきたお菓子みたいなものばっかり食べてます。あと、毎日のように日本酒」

「セロトニンを減らす努力をしてるようなもんだな」トンボが顔をしかめる。

言われてみたらそのとおりだ。明日香の〝自傷衝動〟は、メンタルが弱いせいだとばかり思っていたが、メンタルの弱さ以前に、生活態度が原因だったんだ。こんな生活を続けていたら、〝心の器〟である体の調子が狂い、誰だって精神的に参ってしまうだろう。

「明日香の脳の中に入って、これを食べさせてくれ」

小林が、冷蔵庫からプラスチックの容器を取り出した。弁当箱のようだ。

「何ですか、これは？」

「サンドイッチや。昔、小さかった明日香によく食べさせてん。栄養を摂らせて、ひとまずセロトニン出して、屋上から飛び降りるのを食い止めるんや」

「駄々をこねても絶対に食わせろよ」トンボが念を押してくる。

「でも、俺が行くのは脳の中なんですよね。実際に食べさせるわけじゃないのにセロトニンが増えるんですか？」

「脳が食べたと認識すれば、セロトニンが分泌されるんや」小林が弁当箱を俺に渡した。

「事故で腕や足を失った人が、ないはずの手で物を摑んだり、足先が痛んだりするって話を聞いたことないか？」

「あります」

「それと一緒や。明日香の脳の中で起きた出来事は、現実と大差はあらへん。シーバもそれを体験したやろ」

「はい……」

　俺は人生を何度もやり直し、明日香と何度も愛し合った。あのすべてが幻だとしても、俺にはかけがえのない思い出となっている。

　明日香の脳に行き、サンドイッチを食べさせる。これまでの脱獄の中で一番ハードルが低いはずなのに、俺は、恐怖とプレッシャーで吐きそうだった。

　失敗は許されない。俺がしくじったら、明日香が屋上から飛び降りてしまう。今回は、やり直すことはできないのだ。

「リズミカルな運動はどうするんですか？」

「チークダンスが効果的やな」小林が微笑む。「好きな人に体を触れられるのはストレスを半減させる効果がある。娘と踊ってやってくれ」

「明日香は踊れませんよ。お、俺も、うまく踊ることなんてできませんし」

「うまく踊る必要はない。下手くそでええねん。女はいつも、男がダンスに誘ってくれるのを待ってるもんよ」

「いや……」

「人間は皆、踊れるようにできてる。踊れることを忘れてるだけや」

俺はクリスマスに明日香と表参道で買い物をしたときを思い出した。

柴田くん。クリスマスなんだから、お洒落なレストランで美味しいディナーとかチークダンスがしたいの？

何度も人生をやり直したけれど、明日香と二人で踊ったことはなかった。

俺は、小林を真っ直ぐ見て言った。

「わかりました。もう一度、脱獄します」

「娘のこと、よろしく頼むで」

小林が、俺にハイチュウを渡そうとする。

「小さいときの明日香が好きだったんですね」

「ようわかったな。よくパパ買ってってせがまれたわ」

「これも、明日香に渡します」

俺は、涙ぐむ小林からハイチュウを受け取った。

「よっしゃ！　行ってこい！」

「はい！」

俺は、走り出した。もう一度、明日香に会うために。

22

脱獄をしながら、明日香の脳の中に行きたいと強く願った。ただ、そこがどういう場所なのか、まったくイメージができない。

明日香の脳……意識……心の中だ。

同棲している間、明日香が一番幸せを感じていたのは、どんなときだっただろうか？

俺は、ネットカフェの夜勤明けから帰ったとき、待ちくたびれてソファでうたた寝をしている明日香の姿を見るのが、この上なく幸せだった。

スヤスヤと寝息を立てる明日香の顔に近づき、明日香の額にキスをする。

柴田くん。お帰り。

目を覚ました明日香が、寝ぼけた顔のままで微笑む。

——瞬間、俺は白い光に包まれた。魂が、明日香の心に届くのがはっきりとわかった。

「明日香」

俺は下北沢のマンションにいた。ボロだけど、二人の愛が満ち溢れていた部屋だ。

「明日香、起きて」

ソファで眠っている明日香の額に、口づけをした。

「あ。柴田くんだ。お帰り」

「カーテンを開けるよ」

「嫌だ。眩しいもん」

「天気がいいから気持ちいいぞ」

俺はリビングのカーテンを開けた。朝の優しい光が部屋に差し込む。

「閉めてえ。目が焼けちゃう」

「吸血鬼じゃないんだから」

「知らなかったの？　わたし、ヴァンパイアなんだけど。今年で千歳だよ」

明日香はふざけて、まだソファに寝そべったままだ。

「ずいぶんと長生きだな」

「いっぱい、人間の血を吸ってきたからね」

「誰の血を吸ったんだよ」

「信長」

「大物だなあ。信長以外は？」

俺も笑って、おふざけに付き合う。

「家康と龍馬と西郷どん」

「オールスターじゃん。誰の血が一番美味しかった？」

「西郷どん」明日香が即答して、自分で噴き出す。「柴田くん、カーテン閉めてこっち来て。一緒に寝ようよ」

甘えた声に、胸が締め付けられる。誘惑に負けそうになるが、小林たちとの約束を守らなければいけない。

俺は、ソファの前に戻り、目を閉じている明日香の顔を覗き込んだ。

「明日香、大事な話があるから聞いて欲しいんだ」

「何？　柴田くんはもしかしてヴァンパイア・ハンターなのかな？　わたしをやっつけに来たの？」

「違うよ」俺は明日香の頬を撫でた。「これから毎日、朝早く起きて太陽の光を浴びて欲しいんだ」

「無理だよ。わたし、夜型だもん」

やっと目を開けてくれた。

「朝から仕事をすればいいだろ」

「できるわけないじゃん、そんなこと」

「できる。明日香なら絶対にできる」

俺は真剣に、思いを込めて言った。

「どうしたの、急に」明日香が照れくさそうに笑い、体を起こす。「柴田くんがそこまで言うなら、チャレンジしてみようかな」

「ありがとう」次は明日香の髪を撫でた。「朝ごはん、作ったよ」

「柴田くんが？　お弁当？」

明日香が体を起こし、小林から預かったプラスチックの容器を受け取る。

「うん。サンドイッチなんだ」

本当は、作ったのは小林なのだが、説明がややこしくなるので俺が作ったことにさせてもらおう。

「マジ？　ウケる」明日香がプラスチックの容器の蓋を開けた。「わあ、美味しそう。いただきまーす」

「ゆっくり食べろよ」

俺は、サンドイッチにかぶりつく明日香を見て泣きそうになった。朝から何か食べるほど食欲はないはずなのに、俺が作ったからと無理して食べてくれているのだ。

「ツナとひじきと納豆が入ってるんだ」明日香が微妙な表情になる。

「不味い？」

「あまりにも懐かしくてビックリしちゃった。これ、小さい頃、実の父が作ってくれた味と一緒なんだもん」

「好物だったの？」

「ううん。全然、好きじゃなかったんだけど、父が『健康にいいから食べなさい』って毎朝作ってたの。結構、トラウマだったんだけど……」

「けど？」

「大人になったら美味しく感じるんだね」

明日香が、無理してサンドイッチを平らげてくれた。

「ありがとう。作ったかいがあったよ」

小林の顔が浮かび、また泣きそうになってくる。

でも、泣いてはいけない。明日香を不安にさせては逆効果になってしまう。最後まで笑顔で乗り切るんだ。

「ごちそう様。ちゃんとした朝ごはんを食べるなんて何年ぶりだろ」

「明日香。これから毎朝、朝ごはんを食べて欲しいんだ。とくに、このサンドイッチに入っているマグロや大豆やひじきを食べてくれ」

「毎朝、マグロ？」

「納豆だけでもいい。お願いだ、絶対に食べてくれないか」

「今日の柴田くん、何だか変だね」

「約束できる？」

「うん。約束する」

明日香が、俺の勢いに圧(お)されて頷いた。

俺は明日香の手を取り、立ち上がらせた。

「今度は何？」

「踊ろう」

「マジ？　ここで？」

明日香が顔を真っ赤にして笑う。

「うん。ここで踊るんだ」

俺だって照れ臭いよ。

鼻の奥がツーンと痛くなってきた。二人で住んでいるときに、もっともっと、照れ臭くなるようなロマンチックなことをしていればよかった。

ごめんよ、明日香。先に死んじゃったよ、俺。

「わたし、踊れないよ」

「俺だって踊れない」

「それなのに、踊るの？」

「どうしても、踊らなきゃいけないんだ」

「何、それ？」

「俺と踊ってください」

俺は明日香の腰を抱き、明日香は俺の首に手を回した。音楽はなかったけれど、俺たちは呼吸を合わせ、静かに体を揺らした。

ぎこちないけれど、最高のダンスだった。

胸の奥が温かくなり、じんわりと全身に広がっていく。明日香の細胞のひとつひとつが、俺の体に染み渡っていくようだ。

明日香、俺はどうしようもなく君を愛していたんだ。俺は救いようのない馬鹿だから、死んでからそのことに気づいたんだよ。

ごめんなさい。許してくれないとは思うけど、許して欲しい。

そして、俺がずっと見守っているから、早く幸せになってくれ。

君との一分一秒が本当に楽しかったよ。君がいてくれたおかげで、俺の人生は価値のあるものになった。ありがとう。

明日香、愛してる。本当に愛してる。

どちらともなく、ダンスを終えた。

「それじゃあ、そろそろ行くよ」

「どこに？」

俺は、泣くのを堪えるのが精一杯で、答えられなかった。

「お仕事？」

絶対に泣くな。もう少しだろ。

「行きたくないの？」

「でも、行かなくちゃならないんだ」

「頑張ってね」

明日香が優しく微笑む。今まで見た中で一番美しい笑顔だった。

「明日香も、頑張って」

「わたしが何を頑張るの？」

「朝早く起きて、納豆を食べて、ダンスをするんだ」

「ダンスは一人じゃできないよ。ずっと柴田くんが側にいてくれるの？」

「うん。たとえ会えなくても、たとえ幻でも、明日香の前に現れるよ」

「じゃあ、約束」明日香が俺の手を取り、お互いの小指を絡めた。「指きりげんまん、嘘ついたら――」

「絶対に、嘘はつかないよ」

俺は明日香の小指を解いた。

「柴田くん！」

明日香は、小指を立てたままビルの屋上の端に立っていた。病院の屋上だ。突風が、明日香の髪を激しく揺らす。あと一歩踏み出せば、明日香は死んでしまう。

そこに、俺はいない。明日香には見えない。

「柴田くん……」

明日香が、自分の小指を眺めた。今さっきまで、明日香の幻の中で、俺の小指と絡まっていた小指。

「柴田くん……わたし……頑張るね」

自分の小指を握りしめて泣き出し、明日香は屋上を後にした。


「シーバ！　こっち来いよ！」

刑務所に戻った俺を、トンボが迎え入れる。舎房には小林が一人で待っていた。

「娘の命を救ってくれて、ありがとう」

俺は頷くことしかできなかった。

やっと泣ける。好きなだけ泣いていいはずなのに、涙が一滴も出てこない。

「何だよ、お前。胸を張れよ、馬鹿野郎！」

「シーバ、笑ってくれや」

「笑え、馬鹿野郎！」

俺は背筋を伸ばし、小林とトンボを見た。二人とも涙ぐみながら無理やり笑っている。

そうだよな。ここは極楽プリズンなんだ。悲しみを背負って死んだ人間が、笑って過ごすための場所なんだ。

「よしっ！　飲んで食って大騒ぎするぞ！」トンボが俺と肩を組む。「小林さんスペイン料理行きますか、アヒージョで白ワインをガブ飲みしましょうよ。シーバ、お前も食いてえだろ！」

「はい。極楽気分を味わいます」

俺は笑った。涙がこぼれたが笑い続けた。

23

「これで俺の話は終わりです」

柴田が、静かに息を吐いた。少し疲れが見えるが、やり切った顔をしている。

「お疲れさま。お世辞抜きで素敵な物語だったわ」

「ありがとうございます。最後まで聞いて貰えて嬉しいです」

時間もちょうどいい。あと一杯ぐらい飲めば始発の時間だろう。

……あれ？

お代わりをしようとして、カウンターにグラスがないことに気づいた。わたしのだけではなく、柴田のグラスと灰皿もなくなっている。

嘘でしょ？

バーを見渡し、唖然とした。あれだけ騒がしかったグループの客が消えている。他のカップルもバーテンダーもいなかった。

いくら、柴田の話に集中していたとしても、ありえない。

「みんな……どこに行ったの？」

「最初から、俺たちしかいませんでしたよ」

柴田が静かな声で言った。奥の壁に掛かっている絵をじっと見ている。男女が抱き合っている抽象的な絵……いや、抱き合っているのではない。踊っている絵だ。

今はかかっていないが、この店に入って来たときから、ＢＧＭのジャズは『チーク・トゥ・チーク』だった。

「やめてよね。悪い冗談でしょ」

「すいません。騙したみたいになってしまいました」柴田がわたしに頭を下げる。「俺の話を聞いて頂いて、理々子さんにも受け入れる準備をして欲しかったんです」

「だから、やめなさいって!」

　経験したことのないような寒気に襲われて、思わず、わたしは席を立った。柴田を置いて帰ろうとしたが、バーのドアがビクともしない。

「開きませんよ」

「どうして?　鍵をかけたの?」

「かけてません。理々子さんが受け入れることができれば外に出ることができます」

　酔っている?　夢?

　違う。あれだけ飲んだのに、わたしはまったく酔っていない。恐ろしいほど、頭の中はハッキリしている。

「本当にやめて。聞きたくない。ここから出して」

「理々子さん、落ち着いてください」

　柴田が立ち上がり、こっちに近づこうとした。

「来ないで!」

　わたしは絶叫したが、狭い店なので逃げる場所がない。

「理々子さん、運命は変えられないんです」

　全身の力が抜けていく。立っていられなくなり、カウンターにもたれかかった。胸が詰まり、まともに呼吸ができない。

「わたしは……信じないわよ」

「急いでください。コウちゃんを助けるのは理々子さんにしかできないんです」

「どうして、名前を知ってるの？」

柴田には、一度も言っていないはずだ。「別れた夫」とだけで会話をしていた。

「本名は康平さんですよね」

「どうしてなのって訊いてるでしょ！」

「俺は、理々子さんがここに来るのを待ってましたから」

「コウちゃんを助けるって……わたしが死んでいるということ？」

柴田と同じ、わたしは、自分が死んだことに気づいていなかったのだ。

「はい。理々子さんは昨夜、タクシーの中で亡くなりました。死因は心臓の発作です」

「おかしいわよ。毎年、健康診断してるけど、心臓に問題なんてなかったわ。そんなことで死ぬはずないじゃん」

「残念です」

目の前の男は、靴紐を結び直しただけで、浮気した恋人と勘違いされて背中を刺された。その男が、わたしが死んだことを納得させるために現れたとでも言うのか。

「わたし、まだ死にたくないんだけど。死んだら困るんだけど」

「わかります」

「娘はまだ小学一年生なのよ！　わたしがいなくなったら誰が育てるのよ！」

「コウちゃんです」柴田が、キッパリと断言した。「別れたとはいえ、娘さんの父親なんですから。でも、早く理々子さんが決断をしてくれないと、娘さんは両親とも失うことになります」

「……コウちゃんに、何か、起きてるの？」

頭が混乱して何も考えることができないが、話を進めるしかない。娘の存在だけが、失神しそうなわたしを支えている。

「火事に巻き込まれて、病院に搬送されました。火傷と、煙を吸ったので、今は生死の境をさまよっている状態です」

「火事？」

ここに来る前、明治通りを走るタクシーの中で消防車のサイレンを聞いた。あれはサインだったのか。

「渋谷の飲食店ビルの居酒屋から出火したんです」

「離婚して別々に暮らしていたのに、同じ日に酷い目に遭うなんて……」

りない。

「運命です。起きてしまったことは変えられません」

この若さで死んだなんて、絶対に認めたくない。やり残したことの数は、両手の指でも足りない。

でも、娘のために、彼女の今後の人生のために、わたしは受け入れてやる。

「コウちゃんの脳の中に行けばいいのね」

「そうです。彼と一緒に戦って欲しいんです」

「どうやって？　セロトニンを出すわけじゃないでしょ」

「彼は、火事の負傷で肉体的にはかなり限界に近づいています。助かるためには、精神力で乗り切るしかない。まだ、生きたい気持ち。この世に残るという執着心を、理々子さんの力で引き出して欲しいんです」

「難しいわ……」

執着心という言葉は、コウちゃんの性格とは真逆にある。

「今夜、コウちゃんに会いたいと感じましたよね」

「何でもお見通しなのね」

「理々子さんの脳に入って誘導しましたから」

「じゃあ、この店の『knockin' on door』って名前も柴田君のセンス？」

「はい。変な名前つけてすいません」

「わたしが開けたのは、天国のドアなのね」

さすが、脚本家志望ね。

そう言おうとして、やめた。死んでしまった柴田は、もう脚本家にはなれない。わたしが、娘の母親に戻れないのと同様に。

「覚悟はできましたか？」

「不公平だわ。わたしだけ、ぶっつけ本番じゃない」

「理々子さんに死を受け入れてもらうには、この方法が最適だと判断しました」

「最後にひとつだけ、訊かせて」わたしは、しっかりと両足で立ち、言った。「なぜ、柴田君はわたしの前に現れたの？　どうして、わたしの家族を助けようとしてくれるの？」

「理々子さんの娘さんが、明日香の漫画の読者だからです」

「明日香ちゃん、デビューしたの？」

「はい。一年前の俺の死を乗り越えて、少女漫画の連載を勝ち取りました」柴田が嬉しそうに笑う。

「おめでとう。自分のことのように嬉しいわ」

「明日香のファンの少女を助けたい。その一心でここに来ました」

「嬉しいわ。あなたに会えて心の底からよかった」

「俺もです」柴田が力強く頷く。

「じゃあ、行くわね」

振り返り、店のドアを開けようとしたが、膝がガクガク震えて、足が一歩も進まない。人の命がかかったプレッシャーとは、こんなにも恐ろしいものなのか。

ドアのノブに手をかけたまま、わたしは凍ったように固まってしまった。

「理々子さん、大丈夫ですか」

「正直に言えば、大丈夫じゃない。柴田君はこの恐怖を乗り越えたの？」

「俺は乗り越えられないまま、明日香に会いに行きました。明日香が自殺を止めると決心する前の残り一秒まで、怖くて怖くて仕方なかったです」

「やせ我慢してたのね」

「愛する人のためにやせ我慢ができるのは、ある意味幸せだと思うようにしたんです」

「そうだよね。開き直るしかないよね」

わたしの突然の死は、娘の心に一生消えない傷を作るだろう。娘は、これから毎日、寂しさに耐えなくてはいけない。幼い娘にとって、母親がいなくなる寂しさは、果てしないはずだ。

母親のわたしが我慢しなくてどうする。わたしがコウちゃんを救えば、娘の悲しみを半分にできるのだ。

「腹を括ったわ」

「頑張ってください。よかったら、これを食べますか？」

柴田が、右手を差し出した。手の平にひとつ、お菓子の包み紙がある。

「もしかして、ハイチュウ？　わたし、甘いものは食べないんだけど」

「お守り代わりです。俺もこれを食べて、何度も脱獄を成功させましたから」

「だったら食べるしかないわね」

わたしは包み紙を外し、ハイチュウを口に放り込んだ。どこか懐かしい、甘酸っぱい香りが口内に広がる。

おかげで、ほんの少しだがリラックスできた。一歩前に進むには充分だ。

「理々子さん、頑張ってください」

「柴田君、また会えるわよね？」

「はい。極楽プリズンで待ってます」

柴田が、優しく微笑んだ。

柴田もこうやって、小林とトンボに送り出して貰ったのだろう。この先、二人に会えるのも楽しみになってきた。

「うん。たらふく飲もうね」

もう死んでいるのだから、どれだけ飲もうが気にする必要はない。

そう考えると、最高かもね。

わたしは勇気を振り絞り、ドアを開けた。

24

「今日も美味かったよな」

向かいに座るコウちゃんがウットリとした顔で言った。

「うん。最高だったね」

わたしはありったけの笑顔で返した。

この日のことはハッキリと覚えている。恵比寿の明治通り沿いにあるイタリアンで、プロポーズされた夜だ。わたしの誕生日だった。

周りのテーブルの談笑。ナイフとフォークを使う音。キッチンから聞こえてくる、フライパンを振る心地よいリズム。ニンニクと肉が焼ける香ばしい香り。

――すべてがあの夜とまったく同じだ。しかし、過去に浸っている場合ではない。あと数分後に、店内の照明が暗くなってBGMがスティービー・ワンダーに変わり、女性店員が指輪の箱を載せた皿を運んでくる。

今、わたしはコウちゃんの脳の中にいる。この記憶を選んだわけではない。柴田と飲んでいた店を出てから、自然とここに足が向いたのだ。

なぜ、この記憶なの？　でも、きっと意味があるはずだ。

「今度の休みにさ、どこか行きたいところある？」

緊張を隠そうと、コウちゃんが必死な感じで質問をしてくる。

「どの休み？」

「ほら、来月に連休があるだろ。久しぶりに温泉とかはどうかな」

「どこの温泉がいいの」

わたしは上手く笑えているだろうか。

柴田の話では、コウちゃんは今、渋谷の飲食店ビルの火事に巻き込まれて瀕死の重体となっている。苦しいってもんじゃないだろう。

まだ、生きたい気持ち。この世に残るという執着心を、理々子さんの力で引き出して欲しいんです。

わたしは笑顔のままで、柴田の言葉を再確認する。

「うーん。近場だと、熱海か箱根かなあ。車で行くのは混むだろうけど」

早く話題を変えないと、指輪が運ばれてきてしまう。サプライズのプロポーズを受けて浮かれたあとより、ちゃんと話を聞いてもらうなら今だ。

「コウちゃん、温泉の話の前に大事な話があるの」

わたしはコウちゃんの手を握り、話を遮った。

「え？　ど、どうしたの？」

コウちゃんがテンパった表情になり、わたしの背後の店員に目配せをした。プロポーズのタイミングを遅らせる合図だ。

「ごめんね」

「大事な話って……何かな？」

すでにコウちゃんは顔面蒼白になっている。

キツい。上手く説明できない。できるわけがない。でも柴田は、こんな風に何回も過去をやり直してきたのだ。

愛する人を救うために……。

「瑠莉（るり）」

わたしは、戸惑うコウちゃんを真っ直ぐ見つめて言った。

娘の名前は、二人で悩みに悩み、いくつか出た候補の中から音の響きが一番可愛いものを選んだ。

「へっ？」

「わたしたち二人の間に生まれる子供の名前だよ」

「それは……つまり……」

「せっかくのプロポーズをすっ飛ばしてごめんね。でも、時間がないの」

「う、うん」コウちゃんはまだ何が起こっているのか理解できずにいる。「意外だったな。てっきり、理々子は子供をそこまで欲しくはないのかと思っていたよ。仕事が好きだし、タバコも吸ってるしさ」

「タバコは妊娠したときにやめたわ」

「やめた？」

「将来、生まれてくる子供の話をしてるんじゃないの。わたしたちの瑠莉は六歳。小学一年生になったのよ」

「えっと……」コウちゃんが半笑いで眉を顰める。「理々子、そんなにワインを飲んだっけ？」

「お願いだから、真剣にわたしの話を聞いて」

「そりゃ、そうしたいけど、意味がよくわからないよ。小学一年生って何？　さっきから誰の話をしてるんだ」

「だから、わたしたちの子供だってば」

「理々子、妊娠したのか？」

「違うって」

「じゃあ、何の話なの？」

さすがにコウちゃんもムッとした顔になる。

ダメだ。言葉が思い浮かばない。

どうすればいいのよ！

わたしは頭を抱えたくなるのを懸命に堪えた。ここに柴田はいないのだ。自分自身の力で乗り越えるしかない。

「今からわたしがする話を、じっと我慢して聞いて欲しいの。デザートの皿に載ってくる指輪は、そのあとでちゃんと受け取るから心配しないで」

「なんで、それを……」

コウちゃんの顔色がさっと変わった。

「最後まで聞いてもらえる？」

「わ、わかった」

「オレ、もっと頑張るよ」わたしは、なるべくコウちゃんの口調を真似た。

「えっ？」

「わたしの妊娠を知ったときのコウちゃんの反応。テンパって顔が痙攣してたけど、わたしは嬉しかった」

　コウちゃんは何か言いたげだが、構わずに続けた。

「出産に立ち会ってくれたんだよ」

「オレが？」

「うん。自分から言い出してくれたの。でもね、コウちゃん分娩室でテンパり過ぎちゃって、わたしが追い出しちゃった。邪魔だから出て行ってって」

「それ……」コウちゃんの眉がピクリと動く。「まあ、いいや。続けて」

「出産が無事に終わって、コウちゃんは赤ん坊を初めて抱いて号泣したわ。よかったな。頑張ったな。小さいのに奇跡を起こして」

「偉いぞ」コウちゃんがわたしの言葉にかぶせると、自分の放った言葉に目を見開いた。

「あれ？　何で、オレが覚えているんだ？」

「実際に起きた出来事だからよ」

「待ってくれ。何だよ、これ」

コウちゃんが椅子をガタリと鳴らして立ち上がる。しかし、店員や他の客は無反応だ。

「ねえ、落ち着いて」

「これは現実じゃないのか？　夢だっていうのか？」

ここが正念場だ。説明を誤れば、コウちゃんがパニックに陥ってしまう。

「夢じゃない。コウちゃんの記憶の中よ。過去をなぞっているの」

「理々子、どういうことだよ。何が起きてんだよ」

コウちゃんが怯えた顔で語気を荒らげる。

「コウちゃん、座って」

「嫌だ」

「すぐにすべてを思い出すから」

「何のすべてだよ？」

「わたしとの結婚生活。瑠莉のこと。離婚したこと。それと……」

核心に触れるのが怖く、思わず言葉に詰まった。

「頼む。教えてくれ」

「コウちゃんの身に起こったこと。コウちゃんはね。今、死にかけているの。火事に巻き込まれて意識不明の重体なの」

コウちゃんは無表情で固まった。虚ろな目で、わたしを見ているようで、見ていない。

「コウちゃん、しっかりして！」

「ああ……」

「このままだとコウちゃんは死んじゃうんだよ！」

「全身を火傷したのか」

「……そうよ」

「もう助からないんだろ」

「そんなことないってば！」

「助かったとしても、もうまともな生活は送れやしない」

「瑠莉はどうするのよ。あの子を一人ぼっちにする気なの？」

コウちゃんが目を閉じ、眉間に皺を浮かべる。耳の下の顎の筋肉が動いている。奥歯を強く噛みしめているのだ。

「理々子……君は死んでしまったんだね」

「うん。だから、こうして会いに来たの」

「君も火事に巻き込まれたのか」

「違うわ。心臓の発作よ。健康だけが取り柄だと思っていたのに最悪でしょ」

「君はどうして、そう落ち着いていられるんだ」コウちゃんが半ば呆れた顔になる。「いつだってそうだ。離婚するときだって、君は一切取り乱さなかったじゃないか」

どうやら、記憶が蘇ったようだ。

「何？　取り乱して欲しかったわけ？」

「違う。もっと感情を見せて欲しかった」

「感情を見せてなかったわけじゃないでしょ。わたしがロボットみたいな妻だったから、モデルの卵と浮気したって言いたいわけ？」

「今、浮気の件は関係ないだろ」

「あるわよ。夫婦の話をしてるんだから」

「じゃあ、オレも言わせて貰うけどな」コウちゃんがテーブル越しに前のめりになる。「浮気がバレたとき、オレを殴ったよな」

「そうよ」

「あれ、演技だっただろ」

「はあ？」

コウちゃんの言葉にドキリとした。殴られながらも、わたしを観察していたのだ。

「ヒステリックに怒り狂うフリをしていただろって、訊いてるんだよ」

「何のためにそんなことをしなければならないのよ」

「オレのことを心の底から愛していなかったことを、知られたくなかったからだ。違うか？」

図星だ。あのとき、わたしはコウちゃんから浮気の告白をされて、「助かった」と感じていた。

「愛してなかったら結婚してないわ」

「じゃあ、なぜオレたちの結婚生活はあんなにスカスカで味気ないものだったんだ？　瑠莉が生まれてから、あの家にオレの居場所はなかったよ」

「居場所がなかったのは、お互い様じゃない」

あの頃の我が家は、誰も見ていないのに、いい夫婦を演じ続ける馬鹿げた芝居小屋のようだった。一番恐ろしいのは、その毎日に苦痛すら感じていなかったことだ。

「オレたち、何が原因ですれ違っていたのかすら、わかっていない状態だったよな」

「それを浮気の言い訳にするの？」

「違うんだ。先に謝っておくよ」コウちゃんが右の眉を上げ、申し訳なさそうに口をへの字にする。「今まで嘘をついてごめんな」

懐かしい表情だ。本気で反省しているとき、コウちゃんはこの顔になる。

「他に別の理由があったわけ？」

「理々子。そもそも、オレは浮気をしていないんだよ」

「……えっ？」

いったい、何を言い出すんだ？

「あのモデルの子と仲がよかったのは事実だ。ただ、歳の離れた友達みたいな関係で、飯を食べたり、映画を観に行ったりしていただけだ」

「どういうこと？　本当にセックスはしなかったの？」

「手すら繋いでないよ」

浮気が発覚したのは、ささいなことがきっかけだった。コウちゃんが風呂に入っているときや、トイレに行っているとき、何度かコウちゃんのスマホに《非通知》の電話がかかってきたのだ。

そのときのコウちゃんの態度で、女の勘が働き、「女の子の名前を非通知で登録してないよね？」と問い詰めたら「そのとおりだ」と白状したのだ。

それを、今さら覆す？　ふざけんじゃないわよ。

「怖い顔で睨むなよ」

　コウちゃんが大袈裟に首をすくめる。こっちを挑発しているとしか思えない。

「冗談なら、すぐに謝って」

「この状況で、冗談はない。むしろ、真実の告白だよ」

「じゃあ、浮気なんかしてなかったのに、わざと冤罪を認めたってわけ？」

「うん。そうしたほうがいいと思った」

「どういうこと？」

「スカスカの結婚生活を終わらせて、お互い、新しい人生に進むチャンスだったんだ」

「何よ、それ……」

「最初は否定しようとしたけど、浮気を問い詰めてるときの理々子の怒り狂う演技を見て、決心したんだ。ここが潮時なんだなって。オレが悪者になったほうが、すんなりと別れることができただろ」

　たしかに、わたしからは離婚を切り出せなかったと思う。どちらかが死ぬまで、すべてが薄い、偽りの日々は続いただろう。

　離婚のおかげで、新しく自由な生活をあっさりと手に入れることができた。離婚っていうのは、もっとエネルギーを使って、クタクタになるもんだと聞いていたが、わたしたちの場合は、プールで軽く泳いだあとくらいの感覚で、むしろ爽快ですらあった。

「コウちゃん、最低だね」

「ごめん。何度でも謝る」

「でも……ありがとう」

わたしは、頭を下げた。

最低なのは、わたしも一緒だ。愛したはずの人間とぶつかるのを避け、楽な道へと流れていた。その代償として、自分を捨てていた。あのまま結婚を続けていれば、死んだときに相当後悔したはずだ。

現に、今のわたしは、離婚したことには何の後悔もしていない。柴田の誘導があったにせよ、コウちゃんに会いたいと思ったほどだ。

「まさか、脳の中で礼を言われるとは」コウちゃんが顔を歪める。「理々子、本当に死んだのかよ」

「うん。ビックリでしょ」

わたしは、投げやりな感じで肩をすくめた。

お願いだから、泣きそうな顔をやめて。こっちまで悲しくなるじゃない。

「勝手に死ぬなよ、馬鹿野郎」

「自分だって、死にかけてるくせに」

「一人で死んでるのって寂しいだろ」

「大丈夫。もう友達ができたから」

「何だよ、早いな」

コウちゃんが、笑った拍子にポロポロと涙を零した。

わたしはテーブルの上の紙ナプキンを取り、コウちゃんの隣に行った。

「泣かないで」

そう言いながら、わたしも泣いた。

離婚のとき、互いに一滴も涙を出さなかった。コウちゃんがわたしの前で最後に泣いたのは、瑠莉が生まれたときで、わたしがコウちゃんの前で泣いたのは、もういつだったか思い出せない。

「たまには、いいだろ。理々子も泣け」

コウちゃんが、わたしの頭に優しく手を置いた。

「泣いてるわよ」

わたしはコウちゃんにしがみついて、胸に顔を埋めた。懐かしい香りにむせそうになる。

「理々子、怖いか」

「死んだあとは、思ったよりも悪くないわ。怖いのは、わたしもコウちゃんもいない世界で瑠莉が生きることよ」

「そうだよな。オレが復活しなきゃダメだよな」

「頑張ってね。瑠莉は、ますますおませさんになってきたわよ」

「女の子特有の『パパなんて大嫌い』の時期もすぐだな」

コウちゃんが自嘲気味に笑う。

「まだ大丈夫よ。パパが大好きのままの子もいるし。もし、フィーリングの合う素敵な女性がいれば、遠慮なく再婚してね」

「わかった。そうするよ」

背中に手が回り、強く抱き寄せられた。

眠りたくなる心地よさに包まれる。もっとこうしていたいけれど、時間は待ってくれない。

「帰るわ」

わたしは、コウちゃんを見上げて言った。

「よかった。帰る場所があるんだね」

「うん。コウちゃんは瑠莉のところに早く帰ってあげて」

「瑠莉に伝える言葉はある？」

たくさんあり過ぎて選べない。瑠莉のことを考えただけで、泣き崩れそうになる。去っていく人間が、残された人間にかける言葉などあるのだろうか。

わたしは絞り出すようにして口を開いた。

「瑠莉、寂しい思いをさせてごめん。パパと幸せに暮らしてね。もっと瑠莉にご飯を作ってあげたかった。可愛い服を着た瑠莉をもっと見たかった」

涙で、目の前に立っているコウちゃんの顔が見えなくなる。

「大人になれば、瑠莉を好きな人がいっぱい現れると思う。その中から、本当に瑠莉を大切にしてくれる人を選んでね。瑠莉のためなら、どんなに苦しくても駆けつけてくれる人がきっといるはずだから」

コウちゃんが頷きつつ、じっと聞いてくれている。

「人生は楽しいだけじゃないから、辛いときはちゃんと泣いてね」

次が、最後の言葉だ。

「たとえ幻でも、ママは瑠莉の前に現れるわ」

「覚えたよ」

コウちゃんが、わたしの両肩に手を置いて微笑んだ。

「子育て、頑張ってね。かなりヘビーよ」

わたしも微笑み返す。

「そのときは、幻でもいいから励ましに来てくれよな」

「本当に困ったときはね。小さいトラブルは父親がクリアしてちょうだい」

「了解!」

コウちゃんが指を鳴らす。

店内の照明が暗くなり、BGMが、スティービー・ワンダーの『ハッピー・バースデー』に変わった。

お別れの時間だ。

「指輪、受け取ってくれるだろ」

「離婚したのに?」

女性店員が、デザートの大皿を持って登場した。前回と同様、指輪の箱が皿の真ん中にある。

ベタな演出も、さすがに二回目となれば照れ臭さは消える。

「感謝の気持ちだ。オレの人生に現れてくれてありがとう」

コウちゃんが指輪の箱を開けて、皿ごとわたしに近づけた。

「こちらこそ、ありがとう。わたしもコウちゃんに出会えてよかったわ」

わたしは指輪を取り、右手の薬指に嵌(は)めた。

コウちゃんは、渋谷にある総合病院の集中治療室にいた。

ミイラのように全身を包帯でグルグル巻きにされ、心電計に繋がれ、点滴と人工呼吸器をつけられている。目は閉じたままで、ピクリともしない。

コウちゃんが横たわるベッドの周りを忙しなく動いている看護師には、わたしの姿は見えない。

わたしは枕元に立ち、コウちゃんの顔を覗き込んだ。

眠っているようだ。結婚していたときは、瑠莉が生まれてからずっとベッドは別だったので、こうやって寝顔を見るのはかなり久しぶりだ。

「あっ」

看護師が心電図のモニターを見て言った。素人のわたしにはわからないが、心電図の波形が変わったようだ。

「どうして急に……」

看護師はそう呟き、パタパタと病室から出て行った。きっと、コウちゃんが回復に向かったことを医者に伝えに行くのだろう。

コウちゃんは、わたしとの約束を守って、生きる道を選んでくれたのだ。

よかった……よかったね、瑠莉。

わたしは、包帯が巻かれたコウちゃんの頭をそっと撫で、病室を後にした。

「おやすみ。コウちゃん」

25

極楽プリズンは、想像していたよりもぶっ飛んだ施設だった。何より、南国なので暑くて仕方ない。わたしは、到着して早々にマンゴーを一人で丸々一個食べ、とんでもない美味さに悶絶した。昔、宮古島の卒業旅行で食べた歴代最強マンゴーを、軽々と更新した。

なるほど。これは極楽だわ。

ちょうどマンゴーを食べ終えたタイミングで柴田が現れ、ハイタッチで再会を喜びあった。

「ワイは小林や。よろしくな」

「おいら、トンボって言うんだ。よろしくな」

舎房での二人の挨拶に、わたしは思わず噴き出してしまった。柴田も懸命に笑いを我慢している。

「おい、シーバ。何で、このお姉ちゃん笑っとんねん。初対面やのに失礼やろうが」

「さあ……」柴田が困った顔になる。

「ごめんなさい。わたし、柴田君の話に出てきたお二人にやっと会えて、嬉しいんです。冷蔵庫のプリンは、全部小林さんのやから、食べたらアカンのですよね」

「そのとおりやけど、変な関西弁はやめてくれるか。サブイボが出るわ」小林が大袈裟に顔をしかめて、脇腹を掻く。

「小林さんとトンボさんって、恋人同士なんですよね。今でもラブラブなんですか」

わたしは、ずけずけと質問した。

陽気のせいなのか、それとも死んで失うものが失くなったせいなのか。ここに来てからやけに身も心も軽い。

「ラブラブだっつうの。文句あんのかよ」

トンボが顔を赤くして、わたしを睨みつける。

可愛い。思っていたよりずっと、二人はいい人そうだ。

「お姉ちゃんの名前は？　自分の紹介が終わってないがな」

小林が威厳を出そうとして、やたらと胸を張った。ただ、背がわたしより低いので、コミカルで仕方ない。

「理々子です。よろしくお願いします」

自ら、小林に握手を求めた。

「お、おう」

小林は戸惑いながらもわたしの手を握ってくれた。温かい手だ。うん。間違いない。やっぱり、この人はいい人だ。

もちろん、トンボとも握手をする。小林と同じぐらい、手が温かい。

「やけにフレンドリーだな。死んだのにこんなに元気な人間、初めてだぜ」

「みなさんのおかげです」わたしは横目でチラリと柴田を見て続けた。「変な言い方ですけど、死んだことによって、わたしの人生の中途半端だった部分が、キラキラと輝き出したんです。ありがとうございます」

「何を言ってるかわかんねえけどよかったな」トンボが苦笑いを浮かべた。

「ワイ、この女苦手かもしれん」小林が顔を引き攣らせる。

「そんな言い方しないでくださいよ。わたしたちは今日からチームを組むんですから」わたしはニンマリと笑った。「さあ、お酒でも飲みながらミーティングしましょう」

「な、何のミーティングやねん」

「それは、飲みながらお話しします。ここって何でもあるんですよね？　まずは、オリオンビールを飲みたいなあ」

「やい、シーバ。どういうことだよ」

　トンボが柴田の胸ぐらを摑む。

「いや……俺は何も知らないですけど」

　柴田が慌てて両手を振った。

　知っているわけがない。わたしがここに来てマンゴーを食べているときに、ふと思いついたアイデアなのだから。

「じゃあ、先に乾杯しましょう！」

「り、理々子さん？」

　わたしは柴田の制止を振り切り、勝手に冷蔵庫を開けた。

　オリオンビールではないが、缶ビールが人数分冷えている。

「さあ、飲みますよ！」ポカンとしている三人に、強引に缶ビールを配った。「小林さん、乾杯の音頭をお願いします」

「ほな、よくわからんけど……」

「早く、早く！」

　わたしはウキウキして急かした。

小林が渋々、缶ビールのタブを開ける。トンボと柴田もそれに従うが、部屋の空気は乾杯とはほど遠い。

「極楽プリズンへようこそ」小林が缶ビールを頭上に掲げた。「乾杯！」

「乾杯！」

全員で缶ビールを合わせて、わたしはゴクゴクと喉を鳴らして飲んだ。

抜群に美味い。ビールの泡で喉が痺れる。死んだら、こんなにもビールが美味くなるものなのか。

「プッハー！」

わたしは居酒屋の親父の如く、息を吐いた。ゲップも出そうになったが、さすがにそれはやめておく。

しかし、ビールに感動しているのはわたしだけで、他の三人は怪訝そうにこちらを見つめている。

「理々子さん。話って何ですか？」

柴田が代表して訊いた。

「わたしたちで、新しいビジネスを始めるの」

この提案に三人が揃えたようにあんぐりと口を開けた。

「極楽なのに、何で働かなきゃいけないのかよ」

　トンボが小声でボヤいた。

「どうせ、暇なんだからいいじゃない。何もしなかったら、脳みそが腐っちゃうわよ」

　わたしは、わざとからかうような口調で言った。会ったばかりで申し訳ないが、トンボのキャラは最高にイジりやすい。

「何だと？　誰が暇だよ、てめえ」

　トンボが額に血管を浮かべて怒る。

「タコみたいで可愛い」

「あん？　誰がタコだ！」

「だって、顔が真っ赤なんだもん」

「こ、この野郎」

「トンボ、落ち着かんかい」

　拳を握りしめてプルプルと震えるトンボを、小林が宥める。

　さすがにからかい過ぎたか。柴田が二人にバレないように必死で笑いを堪えている。

「この女、新入りのくせに生意気なんすよ。初対面でいきなりタコは失礼っすよ。誰だってキレますよ」

「マジでキレるのは、理々子の話を聞いてからにしようや。それからでも遅くないやろうが」

「……わかりました」

トンボが渋々、怒りを抑える。

「理々子、そのビジネスとやらを詳しく聞かせてくれ」

小林がわたしを呼び捨てにする。早くも仲間に入れてくれたような感じがして嬉しくなる。

「本当は人助けなんだけど、白々しくなりそうだからあえてビジネスって言わせてもらったの」

「ほう」小林がやたらと太い眉を上げる。「ほんで？」

「ここは極楽プリズン。行きたい場所にはどこだって行けるんでしょ」

「そうや。理々子も体験して理解できたやろ」

「うん。他人の脳の中に飛び込むのは刺激的だったわ。体験した上で、凄い可能性があると思ったの」

「可能性って何ですか？」柴田が身を乗り出す。

「まだアイデア段階だから、上手くまとまってはないんだけどね」わたしはひと呼吸置いて、三人の男たちを見た。「わたしは娘の瑠莉を残して死んだ。瑠莉の成長だけが唯一の気がかりなの」

「ワイかってそうや。娘の明日香のこれからが心配でしゃあない」

「俺もそうです」

小林の意見に、柴田が深く頷く。

「瑠莉や明日香ちゃんを守るために彼女たちの脳内に行くことはできても、それだけじゃ不安じゃない？」

「確かに……今回の柴田や理々子みたいに成功する保証はどこにもないからのう」

「もう一度やれと言われても、明日香を守りきる自信はないです」柴田がさらに頷く。「正直、怖いです」

わたしにしても柴田にしても綱渡りの勝負だった。一歩間違えば、コウちゃんや明日香ちゃんは命を落としていたはずだ。

「わたしは、瑠莉を守るために先手を打ちたいの」

「あらかじめ準備をしておくってわけか。どうやるんだよ？」

トンボが身を乗り出して訊いた。すでに、わたしに対する怒りは消えている。

「たとえば、瑠莉に関しての一番の心配ごとはお金の問題ね。わたしの生命保険は大した額じゃないし、もし、元夫のコウちゃんに何かあれば、瑠莉は金銭的に相当困ることになるわ」

「綺麗ごとだけでは生きていけへんからのう。何にしても金は必要や」

「お金がないからという理由で、瑠莉が大学に進めなかったり、高収入に釣られて、将来後悔するような仕事をやって欲しくないの」

　母親としての率直な気持ちだ。

　もちろん、職業を差別するつもりはない。だが、今は天真爛漫で無邪気な瑠莉も、あと十年もすれば立派な女になる。そのときに、コウちゃんがいなくて、瑠莉が金に困っていたとしたら、本人が望まない道を歩む確率は高くなる。

「瑠莉ちゃんがお金に困らないように、理々子さんがビジネスをするんですか？」

　柴田が興味津々の顔で訊く。彼も明日香ちゃんを守りたいのだ。

「まあ、ひと言で言うなら〝脳内ビジネス〟ね」

「すげえ、ネーミングセンスだな」トンボが鼻で嗤う。

「わかりやすいほうがいいでしょ？」

「で、手はじめに誰の脳内に行くつもりやねん」小林が急かす。

「そうね。色々と候補はあるけど、鬱に苦しんでいる成功者はどう？　大企業の社長でもいいし、有名なアーティストでもいい」

「成功してんのに鬱なのかよ」

「意外と多いと思いますよ。一般の人にはわからない悩みやプレッシャーがあるでしょうし」

柴田がトンボに言い聞かせるように制する。

「理々子が大企業の社長の脳内に行くわけやな。で、どないすんねん」

「交渉よ。『鬱を治してあげるから、代わりにわたしの娘をあなたの会社に入れてちょうだい』とかね」

「とんでもない親やな」

「社長の脳内でセロトニンを出せばいいんでしょ。社長自身も救えるし、就職したい女の子も救える」

「そう簡単にセロトニンがドバドバ出たら苦労せえへんけどな」小林が呆れた顔で苦笑いを浮かべる。「シーバが明日香を救えたのは、そこに愛情があったからや。素人が赤の他人の脳内に入って成功するほど甘くはないで」

「じゃあ、プロが脳内に入って協力すればいいんじゃない」

わたしは大袈裟に胸を張り、小林を見下ろした。

「待たんかい。ワイに協力させるんか？」

「だって、脳の研究者だったんでしょ？　わたしたちはチームなんだからさ」

小林とトンボが戸惑った顔を見合わせた。その横で柴田が嬉しそうに目を輝かせている。

「理々子さん、これ凄いアイデアですよ！」

「おめえ、説得されんの早過ぎだろ」トンボが訝しげに柴田を睨む。

「盲点っていうか、俺たちがまったく思いつかなかったことですよ。明日香を幸せにするのに、明日香の脳に入らず、明日香の周りにいる人間の脳に行くんですよ」

「人間が幸せを実感するのは、他人の反応次第なところもあるからのう」小林が目を細めて顎を撫でる。「褒めてくれた。認めてくれた。喜んでくれた。心配してくれた。怒ってくれた。愛してくれた。すべて自分以外の人間との関わりや」

親や友達、教師、社会に出れば上司や部下、仕事相手。小林の言う通り、わたしたちにとって重要なのは周りの人間からどう見られるか、どう扱われるかだ。

「そうなんです！」柴田が興奮して言った。「俺は明日香を変えることばかり考えてました。でも、そんなことしなくていいんですよ。明日香は明日香のままで、彼女らしく生きてくれたらいいんです」

「何となくイメージできてきたで。ワイらが明日香や瑠莉ちゃんの周りの人間のニーズに応えてやって、彼女らを幸せな人生に導いてやるんやな」

「うん。そんな感じ。しかも、その周りの人たちも幸せにするの。人は自分ひとりでは幸せになれない。周りの笑顔があって初めて、本人も幸せになれる。周りの人が誰も幸せを感じていないのに、自分ひとりが幸せを感じるなんてことはありえないからね」

わたしは嬉しくて飛び跳ねそうになりながら言った。死んで人生を終えたのに、まだやるべきことがある喜びに感動してしまう。

「なんか面倒臭えな」トンボが口を尖らせる。「まあ、時間はたっぷりあるから手伝ってやるけどよお」

「もしかしたら、俺たちで世界を変えられるかもしれないですね」柴田が自分に言い聞かせるように呟いた。

「世界かいな。随分とデカい話になってきたのう」

「さすがに世界中の全員が幸せになれるとは言いませんが、でも、俺たちの力でもう少しマシな世の中にできると思いませんか。これで、犯罪だって減らせるかもしれない」

柴田の問いかけに誰も何も言わなかった。答えられないわけではなく、柴田が次に語る言葉を待っている空気だ。

しばらくの沈黙のあと、柴田が続けた。

「理々子さんの旦那さんが巻き込まれた渋谷の飲食店ビルの火事は放火でした。犯人は、ストレス発散のために放火していた常習犯だったようです。もし、俺たちがその放火犯の脳内に入っていたら連続放火を食い止められたかもしれない」

「つまり……」小林が僅かに眉間に皺を寄せ、柴田を見る。「ワイらが犯罪予備軍の奴らの脳に侵入して、事件の芽を摘むってことかいな」

「はい。そうです」

柴田が背筋を伸ばし、ハッキリと返した。

犯罪の芽を摘む。ストレスや恨み、復讐心が爆発しそうな人間を見つけ、わたしたちが癒す。

それが本当に実現できるのならば、柴田のような無駄な死を減らすことができる。

「ビジネスじゃなくて、ボランティアになっちゃうわね」

わたしは言いながら笑った。勝手に笑みが零れてしまう。

「でも、最高ですね」

柴田も自然と笑顔になる。

「最高に決まってるじゃない」

どれだけ時間がかかってもいい。少しずつ、一人ずつ、幸せにしていく。

瑠莉、ママは死んでも寂しくないわ。いつまでも泣いていないで、自分の人生を目一杯楽しむのよ。

「シーバよ。短い期間にえらい逞しくなったやんけ」小林が満足げに言った。「試してみる価値はあるな」

「ありがとうございます」

柴田が深々と頭を下げる。

「小林さん、本気っすか？　とんでもなく忙しくなりますよ」

トンボがわざとらしく顔をしかめてみせる。

「ワイは偽善や綺麗事が大嫌いや。昔やったらシーバの青臭い理想にも反吐が出たかもしれん」

小林がわたしと柴田を交互に見た。

「でもな。明日香を助けるために、ガムシャラに何回も人生をやり直すシーバを見て変わったわ。アホでも何でもいい。後悔だけはせえへんために、考える前に動かなあかん」

「トンボさん、お願いします。力を貸してください」柴田が頭を下げる。

「しょうがねえな」トンボが照れを隠して言った。「勘違いするなよ。おいらは小林さんの背中を追いかけるだけだからな」

「やっぱりラブラブなんだね。キュンってしちゃう」

「うるせえ！」わたしのイジりにトンボが顔を真っ赤にした。

「このビールを飲み終えたら、行こか」小林が、手元の缶ビールを軽く上げる。

「さっそくですね」柴田が真顔に戻る。「まずは誰の脳内に行きますかね」

「理々子の元夫を襲った放火犯や。ワイが知りたいんは、放火犯のストレスの原因や。ひとりの人間がそこまで追い詰められるのは普通やない。彼の苦しさを知れば、犯罪が生まれる前に彼を止めることができるかもしれない。場合によっては、さらにとんでもない悪党が見つかるかもしれへん」

「なるほど……でも、理々子さんはそれでかまいませんか？　コウちゃんを殺しかけた相手と対峙することになりますが」

柴田がわたしを見る。厳しい表情だが、目だけは優しい。

「冷静ではいられないかも」

「じゃあ、やめますか」

「大丈夫。わたしがぶん殴りそうになったらトンボちゃんが止めてくれるから。お願いね、トンボちゃん」

「しょうがねえな。任せとけよ」

トンボが露骨にダルそうな顔で答える。だけど、少しだけ嬉しそうだ。

人間には役割が要る。誰かに必要とされ、自分でも誇りを持てる役割をこなすときに、真の喜びがある。使命と言い換えてもいい。使命がある人間は、強く、美しく、そして幸せに生きられる。

しかし、すべての人間に使命が与えられるわけではない。人生の意味を見出せず、苦しんでいる者も大勢いる。でも、そんな人たちには、はたして使命がないんだろうか？

いや、すべての人に使命がある。使命は、自分で自分に与えるものなんだ。気づかない人には、気づかせてあげる。見つけられない人には見つける手助けをしてあげる。たとえ、お節介だと思われようとも、わたしは誰かを助ける。

瑠莉が生きている世界をよくすること。それがわたしの使命だ。

舎房にいる四人が、ほぼ同時にビールを飲み終えた。小林がベッドの脇にあるゴミ箱に空き缶を投げ入れ、トンボと柴田が続く。三回連続で空き缶が小気味よい音を立ててゴミ箱に吸い込まれる。

最後はわたしの番だ。ゴミ箱までの距離が三人よりも遠く、ちょっとしたプレッシャーがかかる。

「ストライクじゃないと縁起が悪いわよね」

「失敗したら投げ直したらええねん。その代わり、何べんやってもかまへんから成功するまで諦めんなや」

　小林がわたしの背中を力強く叩く。

「理々子さんなら一発で放り込めますよ」

「気合入れて、さっさと投げろ。外れたらおいらが拾ってやるからよ」

　柴田とトンボも彼らなりのやり方で励ましてくれる。やっぱりここは極楽だ。

　コウちゃん、早く元気になってね。

　わたしはゴミ箱に狙いを定め、飲み終えた缶ビールを投げた。緩やかな弧を描き、舎房にカランカランとわたしを祝福するような音が響く。

「よっしゃ。行くか」

「はい！」

　小林のかけ声とともに、わたしたちは舎房を飛び出した。

　薄暗い廊下を並んで走る。廊下の先で眩（まばゆ）く輝く光に向かって。

　わたしの隣の柴田が、そっと耳打ちした。

「理々子さん、見てください」

　そう言って、自分の左手首を見せる。

　ハミルトンのカーキ・フィールド。明日香ちゃんからプレゼントされた腕時計だ。

1、2、3……。
止まっていた秒針が、しっかりと時を刻んでいた。

この作品は「デジタルポンツーン」二〇一七年三月号〜九月号に連載されたものを加筆修正した文庫オリジナルです。

極楽（ごくらく）プリズン

木下半太（きのしたはんた）

平成29年10月10日　初版発行

発行人――石原正康
編集人――袖山満一子
発行所――株式会社幻冬舎
〒151-0051東京都渋谷区千駄ヶ谷4-9-7
電話　03(5411)6222(営業)
　　　03(5411)6211(編集)
　　振替00120-8-767643
印刷・製本―図書印刷株式会社
装丁者――高橋雅之

幻冬舎文庫

ISBN978-4-344-42654-2　C0193　き-21-20

幻冬舎ホームページアドレス　http://www.gentosha.co.jp/
この本に関するご意見・ご感想をメールでお寄せいただく場合は、comment@gentosha.co.jpまで。